T0258621

Historia
argentina

RODRIGO FRESÁN
Historia argentina

RANDOM HOUSE

Penguin
Random House
Grupo Editorial

Primera edición: octubre de 2017
Primera reimpresión: julio de 2023

© 1991, Rodrigo Fresán
© 2017, Penguin Random House Grupo Editorial, S. A. U.
Travessera de Gràcia, 47-49. 08021 Barcelona

Printed in Spain – Impreso en España

ISBN: 978-84-397-3305-8
Depósito legal: B-16.988-2017

Compuesto en La Nueva Edimac, S. L.
Impreso en Prodigitalk, S. L.

RH3305A

ÍNDICE

*Para Claudia, que hizo todo
menos escribir este libro*

Te cuento estas cosas sobre mí sólo para legitimar mi voz. Una historia nos inquieta hasta que conocemos a quien la cuenta.

JOAN DIDION,
A Book of Common Prayer

Sólo la parte inventada de nuestra historia –la parte más irreal– ha tenido alguna estructura, alguna belleza.

Carta de GERALD MURPHY,
Correspondence of F. Scott Fitzgerald

La Historia cuenta cómo fue que ocurrió. Una historia cuenta cómo pudo haber ocurrido.

ALFRED ANDERSCH,
Winterspelt

Para sobrellevar la historia contemporánea, lo mejor es escribirla.

ADOLFO BIOY CASARES,
Apuntes inéditos

PADRES DE LA PATRIA

También creyó reconocer árboles y sembrados que no hubiera podido nombrar, porque su directo conocimiento de la campaña era harto inferior a su conocimiento nostálgico y literario.

JORGE LUIS BORGES,
«El Sur»

Chivas y Gonçalves llevaban tanto tiempo cabalgando que ya no sabían dónde terminaban ellos y dónde empezaban sus caballos. Cabalgaban días y noches y otra vez días y el lugar por donde volaban sus caballos no era tan importante porque ni siquiera tenía nombre definitivo. Le cambiaban el nombre todas las mañanas como quien se cambia de ropa. Una pampa inmensa, apenas importunada por un árbol o dos. Árboles que aún nadie se había detenido a catalogar, árboles que desde hacía siglos esperaban sus nombres; y el olor era el de la tierra recién hecha, vuelta y vuelta.

Sea suficiente afirmar que, si las desventuras de Chivas y Gonçalves fueran una gran película, una de esas superproducciones tan de moda en estos tiempos azarosos, el galope compulsivo de estos dos apenas ocuparía la parte de los títulos. Nada más.

Los que sí tenían nombre eran los cumplidores caballos de Chivas y Gonçalves. El caballo del primero se llamaba Blanco y, detalle atendible por lo contradictorio, se trataba de un animal pesado y negro como la noche. El caballo del segundo se llamaba Caballo. Gonçalves aseguraba que no tenía demasiado sentido perder el tiempo bautizando a un caballo que, por otra parte, jamás llegaría a comprender por qué alguien se había demorado en ponerle un nombre. Además, Gonçalves era un minimalista. Y se estaba muriendo. Un pedazo de lanza le crecía en su hombro izquierdo. Los médicos habían aconsejado dejarlo ahí, esperar a ver cómo se resolvía la cosa. Y por esta sencilla razón, Gonçalves cargaba con el pedazo de lanza desde hacía dos años, tal vez tres, como quien viste una prenda que desentona.

El lanzazo se lo había encajado con envidiable gracia y estilo el más bajo de los caciques gigantes (me estoy refiriendo a los que hoy por hoy conocemos como *indios patagones)*, una noche en que Chivas y Gonçalves, discutibles caballeros de fortuna, habían decidido alzarse con la legendaria belleza de la Princesa Anahí.

La Princesa Anahí era una india de piel blanca y mirada oscura. Muchos aseguraban que corría sangre holandesa por las venas de esta bruja infalible quien, en el momento culminante de la carnicería, maldijo a Gonçalves con palabras extrañas, puras consonantes. Así fue como Gonçalves se convirtió en el hombre condenado que yo supe conocer y frecuentar.

Meses después del infausto episodio, uno de los tantos misioneros que fatigaban este paisaje huérfano de mapa y brújula había aprovechado la curiosa disposición de la lanza de Gonçalves para cruzarla con una sólida rama de olivo en forma perpendicular; razón por la cual ahora Gonçalves cabalgaba a lo ancho y a lo largo del Virreynato como una suerte de Cristo recién desclavado. Un Cristo con la sombra de la cruz todavía firme y mordiéndole las espaldas como el perro del convento de los padres jesuitas.

Así era el mal que aquejaba a Gonçalves: el hombre caía prisionero de sudores fríos y convulsiones impredecibles, levantaba el polvo marrón del piso apenas domesticado por los españoles de turno y, entonces, Gonçalves hablaba. Chivas, diligente, tomaba notas en el papel que tenía más a mano.

O en los faldones de su camisa.

O en los flancos de su cabalgadura.

De este modo, Blanco fue ennegreciéndose hasta convertirse en el primer caballo/libro de toda la historia argentina, de toda la historia de este mundo que es ahora redondo como una naranja china, me dicen.

Pero estábamos en la maldición de Gonçalves.

Después de gemir, gritar y cantar canciones de su patria tan lejana, Gonçalves se derrumbaba de cuerpo entero y sin escalas, hasta alcanzar una duermevela del tipo impermeable. Era entonces cuando abría la boca como si quisiera tragarse este planeta que ahora resulta que gira alrededor del sol.

Y hablaba como nunca lo había hecho antes.

Permítaseme recordarles que tanto Chivas como Gonçalves no eran hombres lo que se dice muy cultos. Chivas conocía los favores y virtudes de la escritura, es cierto; pero le eran ajenas las maravillas de las matemáticas, tan de moda, y las particularidades de la arquitectura del universo, cuando sostenía a viva voz, soberbio, que todo, hasta el mismísimo Tiempo, era relativo.

Y Gonçalves, lo que se dice una verdadera bestia, no sabía más de lo que hoy dice saber un egresado en Ciencias de la Comunicación. Pero, misterio, durante el tiempo que duraban sus trances, Gonçalves se expresaba con elegancia, tacto y un envidiable poder de síntesis, nada frecuente en estas orillas recién desembarcadas.

Así hablaba el minimalista Gonçalves:

—A las 20.25 ha pasado a la inmortalidad…

Eso, o:

—La suerte de nuestra selección depende, una vez más, del genio salvador de Diego Armando Ma-ra-do-na…

O:

—Hay veces en que el mundo resulta mucho más fácil de ser asimilado si contemplamos nuestra vida en tercera persona.

O quizás:

—En la presente jornada la divisa norteamericana volvió a experimentar una fuerte alza…

Pasaban horas, a veces la noche entera, antes de que Gonçalves volviera a encontrarse con sus sentidos.

Y Chivas anotaba todo.

Hasta que un día Chivas, Blanco, Caballo, el pedazo de lanza bendita y la maldición de la Princesa Anahí decidieron volver al Viejo Mundo y hacerse ricos exhibiendo a Gonçalves como un fenómeno inédito, como un digno representante de la poderosa imaginería de las novísimas tierras del novísimo continente. El espectáculo, decidió Chivas, iba a llamarse *El Formidable Realismo Mágico de Gonçalves y su Fiel Amigo Chivas.*

Se embarcaron una mañana de julio en el *Doncella de Palestina.* Allá era verano y aquí era invierno (Blanco y Caballo nunca terminaron de entender el porqué de todo esto), y Gonçalves entretuvo a los pasajeros hablando y hablando con precisión por entre las cortinas descorridas de su fiebre autóctona. Vamos a hacernos ricos, pensaba Chivas mientras Gonçalves cerraba los ojos y decía:

—Mickey... el roedor Miguelito.

O:

—No nos une el amor sino el espanto...

O quizás:

—... habiendo hundido al destroyer de bandera británica *HMS Sheffield* en horas de la...

Pero lo cierto es que lo que terminó hundiéndose fue el *Doncella de Palestina.*

Ocurrió en la séptima jornada del viaje, no sé muy bien por qué. Tal vez las calderas, tal vez la pésima educación de uno de los tantos monstruos marinos que supieron entretener las aguas de estos mares.

Todos murieron.

Sólo yo, un humilde grumete cuyo nombre no es digno de figurar en página alguna, sobrevivió para contar esta y tantas otras historias.

EL APRENDIZ DE BRUJO

Nos embarcamos en una serie de horribles
acontecimientos en los que, de algún modo,
influyó la divina providencia.

Mayor Guy Sheridan,
Diary, 42 Commando, April 1982

Así: como uno de esos barcos que, después de bailar toda la noche con un iceberg al compás de música desarreglada por Mr. Stokowski, descubre que se hunde por entre pasajes disonantes de viento ártico.

Así es.

A veces hasta puedo hilvanar una frase entera con cierta gracia, mis palabras ofrecen una coreografía discernible y, por un tiempo muy limitado, dejo de ser la persona que soy y me convierto en la persona que el resto del mundo querría que fuera.

Me explico: soy de esas impresentables aberraciones de la naturaleza que, si se les pregunta dónde está, lo más probable es que contesten «En el planeta Tierra». Con esto quiero decir que no soy lo que se considera una persona muy ubicada en el contexto real de las cosas. Seguro que no es la primera vez que oyen referirse a alguien como yo, individuos a los cuales las diferentes formas del arte pretenden redimir y presentar como criaturas encantadoras, diferentes, antihéroes, cuando en realidad somos auténticas basuras: formas originales de lo monstruoso que lo único que hacen es alterar lo establecido. Pérdidas de tiempo en constante movimiento.

En este momento, por ejemplo, no tengo la menor idea de mi ubicación geográfica. Pero, a propósito del barco, pienso que, por una vez, tengo una historia que, sí, transcurre en el planeta Tierra y, sí, merece ser contada. No sé si fue hace mucho o poco tiempo; por favor, no pidan ese tipo de precisiones.

Recuerdo que el vapor de las ollas dificultaba la visión y que al principio no sabíamos si era de noche o de día. De estar en uno de esos titánicos transatlánticos en picada hacia el fondo del mar, nos ubicaríamos en la sala de máquinas, ajenos a la catástrofe hasta el inevitable colapso final, preguntándonos con risitas nerviosas por qué todo empieza a inclinarse para un lado sin que nadie nos haya avisado nada.

Recuerdo también que a veces alguien reía a carcajadas, a veces alguien lloraba.

La relación con el espacio fue lo último que cambió. Siva nos había advertido acerca de esto, así que no nos tomó por sorpresa. Nos acostumbramos enseguida a la furiosa economía de movimientos, al desplazamiento armónico.

«En el gesto preciso descansa el secreto de la perfección del Todo», decía Siva moviéndose por el espacio hecho a su medida. De algún modo, lo que terminó ocurriendo no hizo más que rubricar lo acertado de su credo privado. Así, todo gesto inútil fue olvidado, me acuerdo. Y me acuerdo de Mike.

—Algún día alguien va a filmar mi vida, Argie —dice Mike.

Mike es australiano. Mike está llorando. Mike es el héroe de esta historia. Mike está pelando una cebolla.

—Y yo no voy a ir a ver esa película —le contesto.

Yo estoy limpiando un horno. Y la conversación, o lo que por estos lados se entiende como una conversación, termina más o menos ahí. La puesta en marcha del músculo de la lengua, nos ha sido advertido, es accesoria y no tiene justificación, no es útil para la perfección del Todo.

Mike tiene que pelar varios kilos de cebollas y a mí me quedan un par de hornos sucios por lavar. El plato para el que Mike está trabajando se llama «Seaside Fantasy» y a las cebollas hay que cortarlas con la forma de esas pequeñas estrellas que se mueven por el fondo del mar. El fondo del mar, ese lugar lleno de agua hacia donde, de una manera u otra, tarde o temprano, iremos a dar todos nosotros.

A los ocho años me prohibieron ver la película *Fantasía*. Voy a ser más preciso: a los ocho años me prohibieron volver a ver la película *Fantasía*. Ya la había visto cinco veces. Pero no fue por eso que me prohibieron volver a verla. *Fantasía* es esa película de Walt Disney. La que tiene música clásica, y al ratón Mickey, y a las escobas embrujadas cargando baldes y baldes de agua hasta que el castillo del hechicero se inunda y parece el fondo del mar.

El aprendiz de brujo.

Porque, en realidad, *El aprendiz de brujo* es lo único que me interesa de toda la película. No me acuerdo del resto de la película, como no me acuerdo de casi nada más allá de *El aprendiz de brujo*. En serio, el asunto es que la escena de las escobas embrujadas me convirtió en la persona que el resto del mundo no querría que fuera, y de algún modo hay un antes y un después de *El aprendiz de brujo* en mi vida. Porque, sépanlo, yo era diferente antes de ver *Fantasía*. Al menos eso dice mi madre. Me volví loco por culpa de una película de Walt Disney, dice.

El restaurante se llama Savoy Fair y queda en Londres. Hasta aquí voy bien. Lo que no termino de entender del todo es qué mierda hago yo en el Savoy Fair. Creo que ya lo dije: limpio hornos. Estoy haciendo un *stage* en el Savoy Fair. En un *stage* uno paga para hacer de esclavo, aunque suene bastante mejor en los papeles, claro. Mis padres pagaron para que yo, en Londres, en el Savoy Fair, en un *gastronomic stage,* sea esclavo de esa deidad llamada Siva encarnada en un mortal llamado Roderick Shastri.

En realidad, esto del *stage* viene a ser una especie de castigo por algo que hice o dejé de hacer dos o tres meses antes de mi llegada a Londres. No voy a entrar en detalles sórdidos. Alcance con decir (voy a utilizar aquí la versión oficial, la de mi madre) que «no me porté nada bien con la hija de un amigo de papá». Versión discutible, entre otras cosas, porque mi madre no conoce a Leticia, no conoce a la *verdadera* Leticia. La «hija de un amigo de papá con la que yo no me porté nada bien» es, a mi insano juicio, una forma bastante simplista de ver las cosas.

Pero no importa. Me mandaron castigado a un restaurante de Londres. Tía Ana vive en Londres y yo vivo con Tía Ana. Perfecto, en lo que a mí respecta. Siempre me llevé bien con Tía Ana y fue Tía Ana quien me llevó a ver *Fantasía* por primera vez. Con esto intento decir que mi deuda con Tía Ana es inmensa, por más que, cada vez que toque el tema, ella mire para otro lado y se ponga a hablar de automóviles. La casa de Tía Ana queda cerca de Saville Road. Yo duermo ahí, en el cuarto de arriba del taller, pero paso la mayoría del tiempo en el Savoy Fair. Fines de semana incluidos.

Lo del restaurante se le ocurrió a mi madre. Se supone que me gusta cocinar; que la cocina, junto con el ratón Mickey en *El aprendiz de brujo,* es una de las pocas cosas que me interesan. El plan es que vuelva *curado* a Buenos Aires y que abra mi propio restaurante con capitales de lo que me corresponde de la herencia del abuelo, y que me case con Leticia, con la Leticia que mi madre —y el resto del mundo— conoce desde el día que nació, no con la Leticia que sólo yo conozco, la *verdadera* Leticia.

La verdadera Leticia se rio a carcajadas todo el camino al aeropuerto y no paraba de hablarme de Laurita, Laurita querida, su hermana mayor muerta. Me acuerdo; Leticia me grita en el oído algo así como que Laurita no se ahogó en Punta del Este. Ésa es otra de las tantas versiones oficiales que caracterizan a nuestra ilustre casta, me dice. Laura, la perfecta Laurita Feijóo Pearson, está desaparecida, entendés, se mezcló con el hijo único de Daniel Chevieux, el socio de papá en el estudio de abogacía, ¿te acordás?, y parece que se los chuparon a los dos, que aparecieron ahogados, es cierto, pero en el Río de la Plata y no en Punta del Este. Los tiraron desde un avión. Hace cinco años. Desaparecidos y todo eso.

Yo dije no entiendo nada y entonces Leticia frena el auto a un costado del camino y me empieza a pegar con sus hermosos puñitos. Me pega y me pide que le pegue y, después, que «no me porte nada bien» con ella. Abre una valijita y me va pasando las... todas esas cosas. Cuero, metal, seda; ya saben. Con mirada cómplice y sonrisa sabia.

Así es la historia, y la verdad es que extraño un poco a Leticia; hay momentos en que todo el tema me desborda y es como si me viese desde afuera. Toda mi vida, quiero decir. La veo como si fuese la de otra persona. Una vez leí en una revista que los que estuvieron clínicamente muertos por algunos segundos sienten lo mismo. Se ven desde afuera. Tal vez esté clínicamente muerto desde hace años, quién sabe, desde que vi *Fantasía* por primera vez, y lo que veo en momentos así hace que estos veinticinco años de edad no tengan demasiado sentido. Como si le faltaran partes importantes a la historia. Me cansa mucho buscar esas partes que faltan.

Cuando ocurre esto, nada mejor que ponerse a pensar en *El aprendiz de brujo*. Escobas y baldes fuera de control ante la mirada perpleja de un ratón que acaba de alterar el orden del universo. Por más que el psiquiatra decía que no tengo que pensar en eso, juro que me siento mucho mejor cuando lo hago. En serio.

Mike, el australiano, por si a alguien le interesa, asegura que las revistas especializadas se equivocan: la *cuisine* de Roderick Shastri no es tan «creativa», ni «sublime», ni «plena de encantadoras sugerencias». Lo de Roderick Shastri, me explica Mike, es sencillamente una forma de seducción culposa tanto para el británico snob anti-Thatcher como para el defensor del Imperio que llora cuando ve todas esas miniseries sobre el Raj.

Precisamente por eso, más allá de lo que diga Mike, una cosa hay que reconocerle a Roderick Shastri: apareció en el lugar justo en el momento justo. Igual que Hitler, si lo piensan un poco.

Roderick Shastri es el *head-chef* del Savoy Fair. También es un perfecto hijo de puta. La historia del hombre es más o menos así: hijo de una pareja de voluntariosos inmigrantes que adoraban más a la Reina Madre que a Khali, Roderick Shastri terminó siendo el *protégé* de la anciana dama a la que servían sus padres. Conoció entonces los mejores colegios y las ambiguas disculpas de un reino desunido con serios problemas de identidad.

Todo esto me lo explica mi tía desde abajo de un Rolls Royce. Tía Ana es una experta cirujana de autos de marca. La gente importante le trae sus automóviles para que descubra el porqué de ese ruidito *annoying,* ese particular e irritante sonido que desafina en la banda sonora del armonioso nirvana y Todo Mecánico. A Tía Ana le gustan los autos desde joven, desde que unió Buenos Aires y Tierra de Fuego en un Range Rover sin puertas. Así fue como mi tía obtuvo, con honores y sin preocuparse demasiado, su licenciatura habilitante como loca de la familia.

—Por suerte ahora llegaste vos para relevarme —se ríe Tía Ana. Es una gran tía, mi tía. Una persona con suerte.

Roderick Shastri es una persona con suerte, me explica Mike mientras selecciona duraznos apenas rozándolos con los dedos. Digamos que le pudo haber tocado a él como a cualquier otro inglés con ascendencia india. Le tocó a él. Y —a veces pasa— los tipos con suerte viven con el terror de que se les corte la racha, de que la suerte decida favorecer a otro. Este terror modifica día tras día a los tipos con suerte, pienso yo; los convierte en otra cosa, los convierte en perfectos hijos de puta con suerte. Estos perfectos hijos de puta con suerte necesitan entonces rodearse de inmensas cantidades de tipos con mala suerte. La historia contemporánea está llena de perfectos hijos de puta con suerte, si lo piensan un poco. Pasen y vean.

—Buenos días, mis basuras —dice Roderick Shastri.

—Bienvenido, amo —contestamos a coro.

Es cierto, parece un chiste. Pero no. Roderick Shastri nos exige que lo llamemos *amo*. Puede que no lo sepan, pero la humillación, no me pregunten por qué, es uno de los aspectos más importantes del trabajo formativo en una cocina. La cosa es así: la preparación de una comida consiste en cientos de pequeñas tareas, y cada una incluye diferentes y sutiles niveles de degradación. El orden en una cocina es tan rígido como complejo y está bien que así sea, me dice Mike. No tiene que insistir demasiado porque no es precisamente lo que a mí me interesa de la cocina; el fenómeno en sí, eso es lo que me interesa: el *orden* que, observado desde el lugar correcto y con la mirada correcta, ofrece las claves para la comprensión del universo. Traté de explicárselo a Mike en su momento. Es una lástima que *yo* no haya insistido con el tema. Pero mejor no pensar en eso.

Ahora bien, hay dos maneras de encarar la iluminación a partir de este *orden*. Con alegría o con terror. Y no creo que haga falta precisar cuál es el evangelio según Roderick Shastri. En el Savoy Fair se parte del fondo del pozo con la remota esperanza de que, al cabo de una semana o dos, uno haya arribado al tibio espejismo de un estadio de trabajo apenas menos humillante. Los métodos de sabotaje y los niveles de intriga para ir trepando por esta resbalosa pirámide alcanzan momentos de creatividad y formas de sutileza mucho más sofisticadas que todos los platos de Roderick Shastri juntos, créanme. Y, en este paisaje, lo peor que le puede ocurrir a una persona que se considere cuerda es tener que limpiar los hornos. Por eso mi tarea específica dentro del Savoy Fair consiste en limpiar los hornos casi todos los días.

A Mike le preocupa mi tarea específica, lo que él entiende como «mi predisposición hacia el abismo». Le preocupa tanto que una vez hasta intenté explicarle mi versión del asunto: si vas de último no hay por qué preocuparse por conservar el puesto. O defenderlo contra gente que sube y gente que se derrumba desde las alturas buscando agarrarse de alguna saliente. Las cosas son más fáciles así. Alcanza con enfocar los ojos hacia arriba y adivinar las verdaderas identidades de las siluetas que luchan por entre el humo y el vértigo. O, mejor todavía, cerrar los ojos.

Para pensar con eficacia en *El aprendiz de brujo* es imprescindible cerrar los ojos; por lo que mi tarea específica en el Savoy Fair es, en mi modesto y cuestionable juicio, francamente envidiable.

A veces alguien reía a carcajadas, a veces alguien lloraba. Mientras tanto, yo estoy limpiando uno de los hornos del Savoy Fair con los ojos cerrados.

—La película de mi vida —me explica Mike entre nubes de vapor— empieza con una escena en color sepia. Yo escapo de nuestra finca y llego, sin que nadie pueda entenderlo del todo, al restaurante de mi abuelo en Sidney. Mi madre llama a la policía, claro. Alguien piensa que he sido raptado por un *dingo*, uno de esos salvajes perros amarillos. Me encuentran tres horas más tarde en la cocina del restaurante de mi abuelo en Sidney. Entré por la puerta de atrás. Es un lunes por la noche, día en que el restaurante de mi abuelo está cerrado. Estoy cocinando. Acabo de cumplir cinco años. Corte. Sube la música y aparecen los títulos de la película. Hermoso, ¿verdad?

Mike viene de una familia de famosos chefs australianos, probablemente los únicos famosos chefs australianos de Australia. Me muestra una foto: hombres vestidos de blanco inmaculado, sonriendo contra las formas caprichosas de Hanging Rock. Para él, todo esto del *stage* en el Savoy Fair es mucho más… mucho más importante que para mí. Lo que no es raro, porque siempre tengo la impresión de que la gente se toma las cosas mucho más en serio de lo que corresponde. Hablé de esto con mi psiquiatra. También lo hablé bastante con la hija menor del amigo de papá, con Leticia, pero no le interesó demasiado. Leticia también tiene lo suyo y, por más que no se toma demasiado en serio las cosas, está el asunto ese: su hermana mayor. Leticia no para de ver las fotos de Laura y, cuando finalmente las guarda, me mira con esa sonrisa rara y me enseña la mejor manera de hacer un nudo corredizo y me explica las «variaciones logísticas de combate para el día de la fecha». Después me ata, o la ato, mientras ella lee partes del diario íntimo de su hermana mayor desaparecida. Laura tenía una letra redonda; en lugar de ponerles puntos a las íes les ponía corazoncitos. «Debemos luchar ahora o nunca contra el fin de la dominación burguesa, nosotros más que nadie; es cuestión de vida o muerte…», escribía Laura en su diario íntimo.

Para Mike, este *stage* es cuestión de vida o muerte. Hace seis meses hizo otro en París. Aguantó una semana. Se la pasó despegando pieles de cebolla del piso. Con las uñas. Durante tres días. Tuvo una crisis nerviosa y lo mandaron de vuelta a Australia.

—Todavía no estoy del todo seguro sobre qué hacer con esta parte de la película de mi vida. ¿Tendría que aparecer lo de la crisis nerviosa?

Mis conocimientos sobre cine son más bien limitados, le contesto. Mike arroja un tomate al aire y lo atrapa con la punta del cuchillo.

—¿Por qué?

—Es una historia muy larga. Mi psiquiatra dice que es por una película que vi cuando era chico.

—Ajá.

Es obvio que a Mike no le interesa demasiado *mi* película. Con la suya le alcanza y le sobra. La única persona que conozco a la que le interesa mi percepción del mundo a partir de la única película que nos muestra la parte transgresora del siempre educado ratón Mickey es mi hermano menor, Alejo.

Tal vez por eso siempre le están pasando lo que entre nosotros hemos dado en llamar «cosas espantosas».

Alejo tiene dieciocho años y es el orgullo de la familia. Toda familia debería tener alguien como Alejo, pienso. Alejo es quien va a hacerse cargo de las empresas de papá y todo eso. Siempre y cuando sobreviva a las cosas espantosas que le suceden cada cinco minutos.

Como cuando se cayó con el triciclo desde un primer piso. Como cuando casi se vacía los ojos en una clase de química. No sería arriesgado afirmar que Alejo ha pasado buena parte de sus dieciocho años en todas y cada una de las salas de primeros auxilios de Buenos Aires. Varios de los mejores amigos de Alejo son médicos de guardia. En resumen: él es el favorito con mala suerte y yo vengo a ser algo así como la bestia en el desván que siempre cae más o menos bien parada.

Otra de las tantas razones para dudar de la existencia de Dios, pienso.

Roderick Shastri es Dios. Al menos eso cree él. Le dicen Siva y él acepta con placer el apodo. Le dicen así porque se mueve con gracia insospechada y porque, en el temperamento de su danza, está implícita nuestra siempre próxima destrucción, el inminente principio del fin de todas sus *basuras*. Roderick Shastri mide poco más de un metro cincuenta. Lo que lo convierte en el dios más bajo de la historia, creo. Aun así, su cosmogonía particular es bastante impresionante. El panteón privado de Siva, recita Mike, se organiza del siguiente modo:

En la cocina del Savoy Fair, los aprendices de chef –nosotros– reciben órdenes y humillaciones varias del *commis-chef*. El *commis-chef* es castigado por alguno de los *chef-de-partie*, también conocidos como *especialistas*, dado que se dedican a la repostería, a las carnes, a los pescados. A la misma altura que los *especialistas* se mueve el *tournant*, figura móvil especialmente peligrosa: siempre aparece cuando uno menos lo espera. Los *chef-de-partie* y el *tournant* inclinan con humildad sus cabezas ante la presencia del *sous-chef*, el siempre alerta segundo de Shastri. Por encima de todos ellos baila Siva quien, cuando está aburrido, los sube y los baja, los asciende y los degrada al azar. Maniobra perenne, ésta, del ocio y capricho de Dios, que da lugar, por ejemplo, a que un *tournant* se encuentre de impro- viso en el lugar de un inexperto aprendiz recién arribado al espanto. Entonces llega la hora del ajuste de cuentas.

El único método posible para evitar estas humillaciones rituales es ir ascendiendo la pirámide sin que se fijen dema- siado en uno y, cuando uno está demasiado cerca del Sol, cambiar de restaurante, pasar a un restaurante de menor pres- tigio como *head-chef* y hacerse famoso, con un poco de suer- te. Mientras tanto hay que ganarse el paraíso, sabotear con pimienta postres ajenos, provocar grumos en salsas que debe- rían ser tersas, subir la temperatura del horno cuando nadie mira y preguntarse en voz alta qué serán esas manchas rosadas en el cuello del *chef-de-partie* más cercano.

Como yo estoy muy abajo, nadie se preocupa demasiado por lo que veo o dejo de ver. Me dicen «Argie» o «The Ipa- nema Kid», según la capacidad geográfica de quien me in- crepa. De cualquier modo, no me hablan demasiado; para ellos soy el demente al que le gusta limpiar los hornos. Es por eso que lo que ocurre ahora es muy raro, es casi un aconteci- miento histórico.

—Usted es el argentino, ¿no? —me pregunta Shastri una mañana.

—Sí, amo.

—¿Sabe usted lo que son las Falklands?

«Falklands Salad, Falklands Soup, Falklands Fudge», pienso. No puedo acordarme si figuran en el menú.

—Creo que es un postre helado, amo.

—Pequeño imbécil —estalla Roderick Shastri—. Sepa que, a partir de hoy, usted y yo estamos en guerra.

Y me informa que, de aquí en más, mi tarea específica en el Savoy Fair será la de limpiar hornos, todos los hornos. Shastri se pone un poco nervioso cuando el *commis-chef* le explica en un temeroso susurro que lo único que he hecho desde mi llegada al restaurante es limpiar hornos.

Esa noche cuando vuelvo a casa de mi tía me entero de todo. La noticia está en todos los diarios y en la televisión. Las Falklands son las islas Malvinas. Argentina asegura que le pertenecen y por eso invadió esas islas que hasta hace cuestión de horas eran colonia inglesa. De ahí que para algunos se llamen Falklands y para otros Malvinas. Parece complicado, pero no lo es tanto. El hecho es que Argentina e Inglaterra ahora están en guerra y mi Tía Ana está muy preocupada. No cree que la aristocracia local siga confiando los motores del imperio a una mecánica invasora, por nacionalizada que esté, por más que su apellido sea intachablemente inglés. Es una hermosa noche la del 2 de abril de 1982. No hay nubes y sopla un ligero viento importado de los mares del Norte.

Seguiremos informando, dice un tipo de la radio en *The End of the World News*.

El fin de las noticias del mundo.

De algún modo, Mike se suicidó por mi culpa. Pero me estoy adelantando.

Esa misma noche llamó mi madre por teléfono; estaba llorando. Lloraba a través del Atlántico gracias al progreso y la tecnología de avanzada. Lloraba porque a Alejo lo mandaban a pelear en las islas. Alejo ya estaba en las Malvinas. No me sorprendió mucho, la verdad. Mi madre lloraba por teléfono y yo no podía evitar la idea de Alejo cuerpo a tierra, la idea de Alejo disparando en la nieve con buena puntería y pésima suerte, la idea de que las lágrimas transoceánicas de mi madre eran una forma alternativa de preguntarse qué estaba haciendo yo en Londres y Alejo en las islas, por qué a mí me tocaba un *stage* en un restaurante de Londres y al pobre Alejo un par de borceguíes con agujeros y un uniforme demasiado grande.

Lo que me lleva a pensar una vez más —y cierro los ojos— en *El aprendiz de brujo* y en el estado de las cosas en el universo. Por un lado, claro, están las diferentes ciencias que afirman que existe un solo universo de reglas inamovibles e iguales para todos nosotros. Y por otro lado estamos todos nosotros, cada uno con una visión diferente del universo, cada uno con una manera diferente de entender las cosas. Imposible para cada una de las partes del universo llegar a comprender el universo como un Todo Indivisible. No es fácil. Más sencillo, pienso, es pretenderse Dios de un caótico universo de bolsillo, y premiar y condenar a los corderos con justicia más que discutible. Es ahí donde empiezan las dificultades.

Argentina asegura que las Malvinas son argentinas. Inglaterra declara que las Falklands son británicas. Mi forma de ver Australia es completamente diferente a la que pudo haber tenido Mike. No conozco Australia. Para mí, Australia es un canguro de ojos extraviados saltando a lo largo y a lo ancho del culo del mundo. Para Mike, en cambio, Australia es un lugar real lleno de casas y personas que hablan un inglés de acento extraño, de rubias permisivas que hacen surf todos los domingos antes de ir a misa, de indios marsupiales color alquitrán y de familiares que cocinan bien desde principios de siglo. Todo esto sin entrar en definiciones más abstractas e inasibles. Para Mike, por ejemplo, Australia también es el fracaso. Si Mike vuelve a Australia será considerado un fracaso por toda su familia de chefs, una pésima inversión en la cual se malgastaron años de esfuerzo y expectativas. Para mí, sin embargo, en ese plano más abstracto e inasible, Australia sigue siendo un canguro de ojos extraviados saltando a lo largo y a lo ancho del culo del mundo.

Igual principio filosófico se aplica a lo que se ha dado en conocer como el conflicto del Atlántico Sur. Para mi hermano Alejo, por ejemplo, toda esta guerra no es más que una nueva e indiscutible evidencia de que él es de esas personas a las que siempre les están sucediendo cosas espantosas. «Si hay una guerra, seguro que me van a mandar a esa guerra. Y si no hay, bueno, alguien va a tener que inventar una guerra para que puedan mandarme», piensa Alejo mientras sale de ver en el cine una película de guerra. La realidad no tarda en darle la razón y ahí va Alejo, silbando bajito rumbo al campo de batalla, pensando en cualquier cosa menos en la soberanía nacional.

A diferencia del de mi hermano Alejo, el universo particular de Roderick Shastri no es tan fácil de delimitar, no es nada sencillo y transparente. Tomemos el tema de la guerra y de la relación de uno con la guerra, sin ir más lejos.

Roderick Shastri está confundido. Por un lado, Inglaterra está luchando por los laureles algo marchitos de su política colonialista, política que sus padres padecieron a lo largo de sus serviles existencias. Por otro lado, Inglaterra le ha abierto todas las puertas a Roderick Shastri, tratándolo como uno de sus hijos dilectos. Ante la confusión de nebulosas, estrellas nova y auroras boreales que se manifiestan disfrazadas de dolores de cabeza fulminantes, Roderick Shastri apunta su telescopio hacia los universos cercanos y elige la opción más fácil: decide odiarme con toda su alma. De algún modo soy el blanco perfecto para las iras de un dios conflictuado: argentino pero de una familia de dinero, estoy ahí, al alcance de su furia y me tiene bajo sus órdenes.

Somos seres complejos.

Cuando a los ocho años inundé toda mi casa pretendiendo despertar a baldes y escobas y a la raza humana, mis padres entendieron que me había portado mal. Cuando intenté explicarles lo que había aprendido gracias a *El aprendiz de brujo,* la claridad con que se me presentaban todas las manifestaciones posibles del ser y su relación disciplinada con los poderes superiores, mis padres se miraron entre ellos, me miraron a mí y me internaron por cinco o seis años, no me acuerdo muy bien, en el Instituto. Allí había un sacerdote que se hacía llamar consejero espiritual y nos hablaba de Adán y Eva, de Caín y Abel y de Noé y el Diluvio. A nadie se le ocurrió meter a Noé en un Instituto, ahora que lo pienso. Para las fiestas me mandaban con permiso especial a casa, donde siempre había alguien que me seguía por todos lados y me acompañaba cuando, por esas cosas de la vida, tenía necesidad de ir al baño.

El ratón Mickey recibe una importante lección en *El aprendiz de brujo*. Hay que vivir el universo propio sin que éste entre en colisión con el de otra persona. El universo de Mickey, por un momento, entra en conflicto con el del Maestro Hechicero. De ahí la locura de las escobas, de ahí que yo haya inundado mi casa como apresurado manifiesto para alertar al mundo o, al menos, a mi familia. La intervención del Maestro Hechicero vuelve a encarrilar el Todo Universal sin alterar el universo de Mickey, quien, una vez superado el peligro, vuelve a su mundo ratonil con más experiencia, y todos felices, Mr. Stokowski incluido.

Cuando no sucede esto, cuando el caos individual se disfraza de orden universal, empieza lo que generalmente conocemos con el nombre de *problemas*.

El problema en este caso, como en la mayoría de los casos, es que Roderick Shastri se apresura al seleccionar a su víctima. Las opciones obvias rara vez son las correctas pero, claro, esto recién se comprende mucho tiempo después de que el primer error haya generado otro error y este segundo error haya dado lugar a otro. Mickey intenta detener a la primera escoba con su hacha, pero de las astillas nacen otras escobas y a esta altura no es fácil decirle a los bailarines que se vayan con la música a otra parte.

Creo que es el 15 de abril por la mañana cuando Roderick Shastri finalmente comprende que carece de recursos para castigarme. Todo su poder no puede alcanzarme porque, paradójicamente, me encuentro en el compartimiento más bajo de su universo. Soy un agujero negro y soy muy feliz limpiando hornos con los ojos cerrados. Es más, soy muy bueno limpiando hornos. Roderick Shastri no puede volverse atrás; me ha declarado la guerra delante de sus *basuras,* me ha condenado con voz fulminante desde su metro cincuenta de estatura.

Sí; tal vez la falta de visión de Roderick Shastri esté intrínsecamente relacionada con su estatura. Siva no pudo ni supo ver más allá. De haberle dedicado un mínimo de reflexión a todo el asunto, hubiera comprendido que el peor castigo, el castigo obvio, habría sido ascenderme a una posición media –*tournant*– por ejemplo, para que mis camaradas me destrozaran alegremente. Si lo piensan un poco, el Viejo Testamento está repleto de situaciones similares, donde los designios del Señor son inescrutables, como corresponde. Pero Roderick Shastri no es un dios misterioso. Razón por la cual elige una nueva víctima. Mike. El último chef lírico de Australia, el hombre de la película en eterno rodaje y, además, otro hijo de las colonias. El australiano Mike. Lo más parecido a mi único amigo.

Es entonces cuando la definición abstracta e inasible de la Australia de Mike entra en conflicto con la definición real de la Australia de Mike. Gana la definición abstracta e inasible de la Australia de Mike. Diez días después del comienzo de las hostilidades, del comienzo de todas las hostilidades, Mike vuelve a la definición real de la Australia de Mike, convenientemente embalado para el largo viaje.

Ahora voy a cerrar los ojos y, por favor, obséquienme un par de minutos de sus vidas para que les describa el ataúd de Mike.

El hombre de la funeraria decidió que lo más conveniente era sellarlo en Inglaterra. De cualquier modo, dijo, el funeral será con cajón cerrado. Era lo mejor teniendo en cuenta las circunstancias. El ataúd de Mike es un gran ataúd, entonces. Una bandera australiana cruzada sobre el roble, manijas de plata, serpientes que se muerden la cola con respetuoso entusiasmo por el caído en acción. El ataúd de Mike es embarcado en un avión de British Airways. Lo suben con una grúa neumática; estoy seguro de que Mike aprobaría todo esto: el ataúd, la niebla de Heathrow, la voz por los altoparlantes y los *hooligans* que van al Mundial, escala en Madrid. Me hubiera gustado estar ahí. Quiero decir que me hubiera gustado acompañarlo; recuerdo que sentir esto me causó cierta inquietud: hacía tanto tiempo que no sentía particulares ganas de ir a algún lado. Por eso pensé en todo, hasta el último detalle, como si lo viera proyectado en la pantalla de un cine. La sombra del ataúd sobre el asfalto de la pista. Después, el desierto australiano, una familia de chefs alrededor de un agujero en la tierra reseca, el sonido de esa piedra anudada a una soga zumbando en el aire sin usar y la expresión imperturbable del aborigen que la hace girar sobre su cabeza, a respetuosos metros de donde termina el cortejo fúnebre. El aborigen ha servido a la familia durante años y hace girar la piedra con un ínfimo movimiento de su mano curtida, lágrimas dulces trazan surcos en el maquillaje ritual de su cara y –¿dónde leí eso?– entonces cae la primera palada de polvo que vuelve al polvo. Un gran ataúd para el gran final de la gran película de Mike.

La primera gran idea de mi vida se me ocurrió después de ver *El aprendiz de brujo* varias veces más de las recomendables para un niño en pleno desarrollo. Recuerden: abrí todas las canillas, inundé mi casa, arruiné varias generaciones de alfombras y, ustedes ya lo saben, descubrí ese ritmo privado con el que baila el cosmos. La segunda gran idea quizá no fue tan trascendente como la primera, pero sirvió para restablecer el orden del Todo Sinfónico, eliminando a uno de los músicos que por creerse compositor atentaba contra el espíritu de la partitura. Aprovecho esto para señalar que los arreglos de Leopold Stokowski para la música de *Fantasía,* digan lo que digan los entendidos, me parecen excelentes, y no pude evitar inspirarme para mi ínfima hazaña en el recuerdo de los movimientos precisos de su batuta a la hora de orquestar la música que me llenaba la cabeza desde el suicidio de Mike. «En un gesto preciso descansa el secreto de la perfección del Todo», solía decir Roderick Shastri, deidad gastronómica, *head-chef* del Savoy Fair.

Y fui yo quien ejecutó ese gesto.

Una semana después de Mike resultaba evidente que la etapa inglesa de mi vida estaba por llegar a su fin. La guerra, en cambio, seguía y mi madre bailaba en los bordes de la locura con preocupante frenesí: las cartas de Alejo desde el frente demostraban un total desinterés por lo que ocurría allí; sólo contaban la historia de un soldado argentino obsesionado con rendirse a los ingleses y ser llevado a Inglaterra para ver algún día a los Rolling Stones. Por todo esto, y ante la imposibilidad de que mi hermano volviera a casa, se decidió que tal vez fuese mejor que al menos regresara yo. Un hijo es un hijo, después de todo.

Fue por esos días cuando me enteré del programa de televisión. Mike no estaba para contármelo, pero las *basuras* hablaban entre las cacerolas con voz más alta y excitada que la habitual: un productor de la BBC había ofrecido a Roderick Shastri la oportunidad de conducir su propio programa. La decisión no había sido difícil. Roderick Shastri era de ascendencia india, estaba de moda y se movía por la cocina con gracia insospechada. Aquí llegamos a su teoría del «gesto preciso» y de la necesidad de una perfecta relación del chef con el espacio que lo rodea: «Es imposible cocinar con clase si uno no se encuentra en armonía con su medio». Por eso, la cocina del Savoy Fair estaba diseñada según la preceptiva, indicaciones y medidas que dictaban la estatura y necesidades de Roderick Shastri, amo y señor. Por eso, todas sus *basuras* se golpean la cabeza con los aparadores y todas las ollas y sartenes están abolladas en su primera semana de uso. En realidad, la cocina del Savoy Fair está diseñada al milímetro para que Roderick Shastri sienta lo que siente un hombre medianamente alto cada vez que cocina.

El programa iba a ir en vivo desde el restaurante. A partir del miércoles. El martes me llevé las herramientas de mi Tía Ana al restaurante. Cuando cerró el Savoy Fair me escondí detrás de un horno. Esperé a que se fueran todos. Trabajé toda la noche. Cuando terminé, todo el mobiliario de la cocina había sido desplazado unos cuantos centímetros de su posición original y la música ominosa que me llenaba la cabeza desde la muerte de Mike pareció detenerse por unos segundos. Esperé con los ojos cerrados. Entonces la sentí volver, plena de cuerdas y bronces: la arremetida final y el trueno definitivo que anuncia la última tormenta, la música que pone en movimiento las escobas, la música que pone en movimiento todas las escobas del universo.

Y el aprendiz de brujo experimentó por primera vez el regocijo intimidante de saberse Maestro Hechicero.

Todo el mundo habló acerca de ese programa de televisión durante la semana siguiente. Dicen que fue algo grande. La más breve carrera televisiva de la historia. Yo no lo vi, claro; estaba haciendo trámites para volver a Argentina, y además, ya saben, soy demasiado sensible a lo que veo. Pero Tía Ana me contó todo:

—Tendrías que haber visto a tu jefe. Pobre hombrecito. Extendía los brazos y no alcanzaba a agarrar nada. Apoyaba los platos en el aire. Daba saltitos inútiles para intentar abrir la puerta de la despensa… Un espectáculo verdaderamente triste. No sé por qué pero me hizo acordar al Aston Martin de

Lady Eleonora después que cayera al Thames durante el cambio de guardia. Algo terrible... El hombrecito empezó a llorar frente a las cámaras y se lo llevaron envuelto en una frazada. Aullaba algo en indi, creo. Te diré que no me pareció tan mala persona.

Al otro día, con una puntualidad que no presagiaba nada bueno, asumió sus funciones el nuevo *head-chef* del Savoy Fair. Se llamaba Patrick McTennyson Bascombe. Portaba el escudo de armas de su familia en el delantal, a la altura del corazón, y después de ilustrarnos con la apasionante saga de sus siempre victoriosos antepasados nos explicó de muy buen modo que debíamos llamarlo «Milord» y que, de allí en más, nosotros seríamos «sus adorables pedacitos de mierda». Era otro perfecto hijo de puta y el latido del corazón del universo volvía a su habitual ritmo acelerado. Pero no era asunto mío.

Nadie de la familia fue a buscarme al aeropuerto. La única que sonreía entre todas esas personas era Leticia Feijóo Pearson con quien, como ustedes sospecharán, me casé prácticamente al día siguiente.

Alejo había vuelto de la guerra. Estaba entero y no paraba de sonreír. Se lo veía perfectamente dispuesto a aceptar la siguiente cosa espantosa que le deparara su inevitable destino. Por el momento entraba a trabajar como «brazo derecho» de papá; no me pregunten qué significa eso exactamente.

Yo me la pasaba encerrado en mi oficina, leyendo los perturbadores memos que me hacía llegar Leticia a través de mi cada vez más perturbada secretaria. Pobre mujer, le faltaba un año para jubilarse y mi padre decidió adjudicármela. A veces, para que no se sintiera tan mal, le dictaba cartas a Mike en Australia. Una carta por semana, poco trabajo.

Un día en que Leticia tenía sesión con su médium o consulta de urgencia con su kinesiólogo, me escapé de la oficina. Era una tarde de fines de septiembre y tenía varias horas por delante. Comí algo en un bar del centro, una hamburguesa que desafiaba con éxito la Teoría de la Relatividad, y terminé entrando en un cine vacío. Ese que tiene la pantalla gigante, esto es Cinerama.

Daban *Lawrence de Arabia*.

La vi dos veces seguidas. La copia no estaba en muy buen estado pero no me importó.

Cuando salí era de noche, llovía más que en la Biblia y el mundo me parecía, de improviso, repleto de infinitas posibilidades.

EL ÚNICO PRIVILEGIADO

Sólo los jóvenes conocen momentos seme–
jantes.

JOSEPH CONRAD,
The Shadow-Line

Venía de una estirpe de exitosos mitómanos, nada le estaba prohibido. Sus mentiras tenían la sustancia de lo verídico, su realidad muchas veces se hacía dudosa y nadie disfrutaba esta paradoja más que él, amparado por la fuerza de su apellido, moviéndose por entre los pasillos invisibles de una fiesta con la seguridad de quien se sabe hijo de lo irrefutable.

Se me acercó y me dijo lo mismo que tantos otros: «Usted es escritor, ¿no?». Pero a partir de ahí su discurso (porque fue un discurso que no admitía interrupciones y que tampoco las necesitaba) me llevó por comarcas que yo no conocía y, poco a poco, la terraza donde estábamos y la luz de los farolitos chinos se fue haciendo más difusa, reservando su nitidez para el resto de los honestos invitados, mientras el escritor y el mentiroso desenfundaban linternas como cowboys al mediodía.

Así habló el mentiroso:

Soy consciente de que mi fama precede a mi persona, por lo que ni siquiera intentaré convencerlo de que es cierto lo que voy a contarle. Después de todo, su oficio tiene más de un punto en común con el mío. Los dos mentimos, los dos hacemos de lo inexistente un arte aunque, se entiende, nuestras musas inspiradoras no se saludarían de encontrarse en la calle. Pero en el fondo, como dije, somos lo mismo. Y es esta camaradería implícita la que me impulsa a decirle todo esto como si fuera la verdad y nada más que la verdad, a no insistir sobre la legitimidad de mis palabras y a contarle lo que sigue con los mismos modales de quien le hace un favor o un obsequio. Porque lo que va a escuchar es, ante todo, una buena historia.

Yo tenía cinco años y mi casa diecisiete habitaciones. Un parque copiado de algún palacio francés y una brigada de ocho sirvientes, entre los que se contaba un tutor nacido en Leeds, me mantenían confortablemente apartado de lo que, con el tiempo, entendí era la realidad de las cosas. Un inmenso retrato de mis padres presidía el comedor. En ocasiones, cuando alguno de ellos entraba en mi habitación para recitar un puñado de preguntas que siempre eran las mismas, no podía evitar preguntarme si no sería una de las figuras del cuadro que, gracias a los beneficios de una ciencia oscura, había trascendido los límites del marco dorado y se paseaba ahora sin prisa por la casa, dispuesto a cubrir el lugar siempre vacío de mis verdaderos progenitores.

Recuerdo que había fiestas y risas y, una noche, hasta hubo un bailarín ruso puliendo con sus pies voladores el mármol rosado del gran salón; vi alzarse su cabeza coronada con dos cuernos y resplandecer una flauta en sus manos. Lo vi girar desde arriba, por entre las columnas de la escalera, desde el primer piso, y temblé pensando que ese diablo se quedaría a vivir en mi casa, en el cuartito vacío al final del pasillo. Por suerte el diablo se fue y el cuartito fue ocupado por Mónica. Y es acerca de Mónica que voy a hablar ahora, porque Mónica es la protagonista de esta historia. No lo supe entonces pero creo haberlo intuido desde aquel remoto sitio que pronto sería mi adolescencia.

Mónica no podía llevarme más de cuatro años la mañana en que llegó a casa, trayendo una valija tan liviana que parecía llena de helio. Mi padre la fue a buscar a la estación y nos la presentó con una mezcla de respeto y vergüenza. Mi madre procedió a odiarla casi de inmediato. Odió su belleza diferente y salvaje, la aristocracia no comprada de sus gestos y, lo supe con los años, la odió especialmente por ser quien era. Mónica era la consecuencia real de una abstracción cometida por mi padre tiempo atrás con una mujer de provincias. Ahora la madre de Mónica había muerto y la noticia se había filtrado en forma de carta vagamente amenazadora escrita a mi padre por el cura del pueblo. Por entre los vericuetos de una letra angulosa y repleta de hispanismos se informaba allí que había llegado el momento de tomar medidas, si se quería evitar un escándalo de proporciones respetables.

Como verá, amigo, crecí entre mentiras y me nutrí de ellas hasta llegar a ser quien soy. No hay día en que, repasando la historia familiar, no salte una imprecisión sospechosa, una errata perfectamente invisible para todos aquellos que no conocen el exquisito método de esta disciplina.

Yo tenía cinco años y estaba aprendiendo. Era un novato, y como tal acepté la llegada de Mónica y la supuesta razón de su presencia. Iba a ser una especie de dama de compañía para mí y nada más que para mí. Iba a jugar a lo que yo quisiera. Iba a dar vueltas en auto conmigo y su presencia acabaría para siempre con el silencio impermeable de Ramos, el chofer. Iba a ser un juguete irrompible. Me la habían regalado y ella aceptó esto con una dignidad que superaba la resistencia de cualquier ingenio mecánico.

No está de más afirmar, llegado este punto, que yo fui cambiando mientras sumaba centímetros de estatura y que el país hizo lo mismo, quizás, en sentido proporcionalmente inverso. Pero aquí se inmiscuye en el relato una persona que no soy yo y que soy yo varias décadas después.

Sepa que por aquel entonces yo era una suerte de idiota ilustrado. Brillante en idiomas, especialista en Salgari y auténticamente infradotado en cuanto a la percepción de lo que ocurría más allá de las rejas que aislaban mi casa. Le parecerá increíble pero los diarios me eran negados por razones tan extrañas como inviolables. Compré mi primer diario, recuerdo, en una escapada iniciática con amigos de familias tan irreprochables como la mía a los cabarets del Bajo. Volvimos a la luz del amanecer, la noche todavía nos ardía en los ojos y yo me hice con mi primer *La Nación* mientras mantenía un precario equilibrio generosamente alcoholizado, trastabillando por el filo exacto de mis veinte años.

Considero útil esta aclaración para explicar mi desconocimiento de ciertos temas que hacían al… al quehacer nacional, como gustan decir en los noticieros y que, no pongo las manos en el fuego por esto, me habrían hecho actuar de una manera diferente de haberlos frecuentado.

Me estoy adelantando. Ahora la casa es la misma pero yo tengo once años y Mónica dieciséis. Me sorprende descubrir que la amo y la odio, y no entiendo del todo por qué sueño todas las noches con ella. Sueño cosas que me cuesta recordar al día siguiente, sueño con Mónica y con un resplandor ambarino que parece haber barnizado la superficie del aire de pared a pared. Me despierto aliviado y furioso por haber abierto los ojos. Miento con gracia, fumo a escondidas y atribuyo mis ojeras a las pesadillas con monstruos que dejé de tener un par de años atrás.

La versión psicologista del asunto sería que yo odiaba a Mónica porque Mónica era lo único genuinamente verdadero en esa casa rebosante de antigüedades probas y de acuarelas autenticadas. Pero no me conforma. Uno no espía a quien odia a través de ojos de cerradura, no cae en éxtasis ante la más ligera de sus desnudeces, no cree enloquecer cuando descubre en uno de los cajones de ella la foto de un hombre a caballo que viste uniforme y sonríe con todos los dientes.

Estoy seguro de que fueron los celos los que plantaron la piedra fundamental de mi primera venganza. Fue tan fácil, tan sencillo, que considero este acto infame como piedra fundamental de todos los que vendrían después. Me limité a robar el anillo favorito de mi madre y esconderlo mal en ese maldito cajón de la cómoda de Mónica, el mismo donde sonreía el infeliz a caballo. Eso fue todo y con eso alcanzó. Después de la cena me alcanzaron los gritos, los llantos y el ruido de demasiadas puertas al cerrarse.

Esa noche, como bien habrá supuesto, soñé con Mónica. La contemplé mientras sorteaba innumerables peligros, la vi desfallecer sin saber que la culpa era mía. La vi sin ropa, con los brazos abiertos y ondulando las caderas, caminando hacia mí sin mover los pies. Lloraba en silencio y me asustó descubrir que sus lágrimas se demoraban en los bordes de la más voluptuosa sonrisa que jamás había visto.

La impostergable necesidad de pedirle perdón y el dolor de una erección que se negaba a dejarme me despertó en el centro mismo de la noche. Me moví por la casa a oscuras, adiviné el mapa vertical de las escaleras y abrí la puerta de su cuarto sin llamar.

Yacía sobre la cama. Desnuda y perfecta. Su cuerpo parecía emitir un débil reflejo azulado. Caminé hacia ella como quien camina por el fondo del mar y su propio resplandor la hizo diferente a mis ojos. Su rostro parecía otro sin dejar de ser el mismo. Era el rostro de una santa. Era como si hasta ese momento yo sólo hubiera conocido el boceto del artista y, de improviso, me tropezara con la obra terminada. Toqué su hombro y rocé su nombre sin obtener respuesta alguna. La imaginé suicida trágica, como esas heroínas de melodrama barato, y me asumí villano de bigote mefistofélico. No recuerdo el momento en que empecé a llorar pero sí puedo precisar la emoción que me cubrió como una ola cuando la abracé con brazos y piernas y cubrí su boca de besos. En algún momento sentí que algo, un fuego tibio, se fundía en mi bajo vientre, pero no por eso me detuve. La besé con furia, como un príncipe azul descarrilado ante la fría sensualidad de su Blancanieves.

Fue entonces cuando entraron mi padre y mi madre. Mi madre gritó hasta desmayarse, no sin antes cruzarme la cara con un cachetazo que todavía late en mi mejilla cuando los días son muy húmedos. Mi padre me arrancó de esa cama y me retorció el brazo hasta quebrarlo —no supimos esto hasta la hinchazón de la mañana siguiente— y se hizo a un lado para permitir la entrada de cuatro hombres de uniforme que colocaron el cuerpo dentro de un cajón y se lo llevaron para siempre. Revistas y diarios futuros me harían saber de la abanderada de los pobres, de su eterno y secreto tránsito de reliquia religiosa por diferentes osarios europeos y de la grandeza de mi blasfemia.

Pero, como dije, yo entonces no sabía nada de todo esto porque qué sentido tenía saberlo.

Mónica —la Mónica que yo había conocido, la verdadera Mónica, mi obsesión— volvió a casa un par de días después cuando, en medio de un delirio anestesiado, confesé mi culpabilidad en cuanto al robo del anillo y a tantas otras cosas. Algunos años más tarde me inició en los misterios del sexo sin que yo tuviera que pedírselo, aunque me parece que mi padre tuvo algo que ver en todo eso. Terminó casándose con un empleado de banco. Se fue de casa y no la volví a ver más. Mi madre me dijo que murió atropellada por un autobús a la salida de un baile de carnaval, pero creo ver en esto una expresión de deseo más que un hecho cierto. El detalle del autobús apesta a terrores de gran dama que, de seguro, no podía concebir destino más humillante que el de perecer bajo las ruedas de una máquina con destino Villa Crespo.

Mentiras. Son tan hermosas, ¿no es cierto? Me gusta tomarlas entre mis dedos y verlas a contraluz. Me gusta verlas brillar. Me gusta cuando me iluminan con sus secretos implícitos. Porque detrás de una mentira bien dicha se esconden las mejores verdades... Pero entremos, entremos; nuestra anfitriona va a decir unas palabras y después podremos disfrutar, como si fuéramos inocentes, de esa falsa orquesta de Glenn Miller que va a masacrar *In the Mood* por centésima vez.

LA FORMACIÓN CIENTÍFICA

El hombre y la mujer —explicó el doctor— son entidades químicas fácilmente analizables, fácilmente alterables por el incremento artificial o la eliminación de estructuras de cromosomas; mucho más predecibles, mucho más maleables que la vida de algunas plantas y, en muchos casos, mucho menos interesantes.

JOHN CHEEVER,
The Wapshot Scandal

El hombre no es un ser sencillo.
La espectral compañía del amor siempre con nosotros.

JOHN CHEEVER,
The Wapshot Chronicle

El momento más importante de mi vida me alcanzó con los síntomas típicos que caracterizan a todo Momento de Importancia Crucial en la vida de cualquier persona. Ocurrió de golpe, sin previo aviso, con la indisimulable prepotencia de una revelación que ha sido postergada durante demasiado tiempo. No hubo relámpagos fulminantes, ni zarzas en llamas, ni paralíticos en movimiento obedeciendo al mandato de voces portentosas; por unos segundos me cuestioné, sí, todos esos años de fórmulas invulnerables que me explicaban la mecánica del universo pidiéndome casi nada a cambio; tan sólo la voluntad de entenderlas y el compromiso de creer en ellas hasta el fin de mis días.

Aquella mañana caminaba por los bordes de un bosque tan antiguo como el resto de la Patagonia, tan antiguo como el planeta. Era la hora posterior al desayuno, cuando los miembros de la Fundación buscan perderse los unos de los otros para descubrirse a solas con sus pensamientos. En ocasiones, el azar de nuestros itinerarios nos lleva a encuentros casuales que celebramos con exagerados abrazos, como si hubiéramos pasado años sin vernos. Pero ese día no. Nadie había interrumpido la caminata de mis reflexiones y el fluir de mis pasos sobre el piso cubierto de agujas de pino. Miré entonces la esfera de mi reloj; es por eso que puedo ahora afirmar que todo ocurrió a las 9.34. Fue entonces que empezó la música que primero reconocí como simplemente música y enseguida como Bach: *Goldberg-Variationen*. No era la versión clásica para clave, no. Era el sonido de un piano perfectamente domesticado por su dueño. Miré a mi alrededor y soporté la emoción inigualable de no ver a nadie. Estaba solo y era bueno que así fuera. Esperé casi un minuto para asimilar el golpe del milagro y entonces, sí, salté y volví corriendo hacia el edificio blanco de la Fundación, acompañado por el momento más importante de mi vida. La palabra clave aquí es *hiperconductividad,* pero no voy a pedirles que la entiendan. Me alcanza con que me imaginen corriendo, riéndome a carcajadas mientras en mis oídos resonaba, cada vez mejor, la voz de un piano desgranando notas alguna vez pensadas para vencer el obstinado insomnio de un noble alemán.

Es seguro que pronto llegarán los reconocimientos y los premios. Pero no es esto lo importante. Ni yo ni los demás miembros de la Fundación buscamos recompensa alguna; ya nos sentimos suficientemente felices investigando. La felicidad no pasa por los aplausos sino por la ausencia de los mismos. Hablamos nuestro propio idioma y nos reímos en la cara de calendarios y relojes porque el tiempo es aún más relativo de lo que Einstein imaginaba. Cada uno es dueño de su propio siglo, cada uno es dueño de decidir su propia edad. He ahí la contraseña para ser admitido en el club de los inmortales. Y eso es lo que somos en la Fundación. Felices inmortales dentro de los límites que supimos fijarnos. No hablo aquí de horizontes perdidos sino de horizontes encontrados y pienso en todo esto mientras, en el avión de Alfa a Omega, me ajusto el cinturón, apago el cigarrillo y observo con interés –porque *todo* es interesante– la rutina de una azafata con demasiadas horas de vuelos de cabotaje en su haber. Pienso en mi retorno a un mundo del que hace tantos años decidí ausentarme. Pienso en si estaré haciendo lo correcto.

Con mayor o menor conciencia de ello, todos estamos esperando con excitada resignación la puesta en marcha de una catástrofe universal y no nos damos cuenta de que ésta ya ha ocurrido. Admitirse como sobreviviente es una tarea tan dolorosa como inútil. Por eso la postergamos y así hemos llegado a la situación en que nos encontramos hoy.

Me gusta pensar que mi percepción de este fenómeno no es consecuencia directa de mi formación científica sino del haber nacido muerto. Fui declarado clínicamente muerto después de un parto de catorce horas y permanecí muerto a lo largo de un minuto antes de volver a nacer ante el asombro de los médicos y el alivio de mi madre.

¿Cómo es el otro lado? Difícilmente guardo recuerdo alguno de todo eso. Pero sí creo que en ese minuto aprendí algo importante que me ha ayudado a lo largo de una vida no exenta de elementos trágicos. La tragedia es arbitraria e inexacta y, precisamente por eso, no es nada improbable que ustedes se hayan cruzado alguna vez con científicos en fuga, personas que se esconden detrás de fórmulas para que accidentes y maldiciones pierdan fuerza ante el limpio rigor de una hipótesis hecha teoría. La hipótesis es el gusano, la teoría es la mariposa y yo me defino aquí —e incluyo a mis compañeros de la Fundación— como una categoría de científico diferente. Sin atreverme a asegurar que somos la excepción que confirma la regla, me limitaré a dejar asentado que todos y cada uno de nosotros abrazamos nuestras respectivas especialidades impulsados por el gozo y no por la cobardía.

Aeropuertos y hospitales, *Arrivals & Departures*, pacientes y viajeros. Hay algo que me obliga a pensar en todos ellos como si fueran naipes de una misma baraja. Su inevitable condición de ambientes controlados, asepsia y frío impersonal. Gente en suspenso para la que el mundo exterior es, apenas, otro planeta. Y por encima de todos ellos planea la idea de la muerte, esa idea que me obliga a encontrar hasta la más insospechada de las asociaciones. Me exige relacionarlos en medio de la tormenta, en algún lugar de ninguna parte donde aún no se han inventado las puertas. Y, es curioso, la canción favorita de mi madre siempre fue «Stormy Weather». Nunca dejó de silbarla y ahora la silbo yo, a varios miles de metros de altura, entre truenos y rayos: «No puedo seguir, todo lo que tuve ya no está, tiempo tormentoso...».

¡Son tantas las cosas que no entiende un científico! Las leyes de la aerodinámica, por ejemplo. Nunca voy a terminar de entenderlas. Es decir, *comprendo* las leyes de la aerodinámica y hasta podría escribir un breve tratado sobre ellas durante el tiempo que dure el vuelo. Pero hay cierto misterio en las leyes de la aerodinámica, la seducción del imposible derrotado. Algo de magia y, aun así, ciencia pura.

Es por eso que en el pueblo cercano al edificio de la Fundación nos conocen como «los brujos». Srinivasa Ramanajun, un matemático autodidacta nacido en Madrás, no deja de bromear sobre el asunto.

—Cualquier día de éstos el glaciar va a desaparecer, o no va a nevar lo suficiente para la temporada de esquí. Entonces vendrán por nosotros y, amigo, va a ser otra vez la Edad Media. Nos quemarán vivos a todos en el patio de atrás de la Fundación.

Srinivasa tiene treinta y siete años y probablemente sea el hombre más importante y prestigioso de todo el Proyecto. No necesita de computadoras para sus cálculos y, si alguien le advierte acerca de lo poco interesante que es el número 1729, Srinivasa se lleva la mano a la frente y contesta «No, es un número muy interesante. Es la cifra más pequeña posible a la hora de expresar la suma de dos cubos en dos formas diferentes».

No me preocupa admitir aquí —así como no preocupa a nadie en la Fundación— que Srinivasa y yo somos amantes desde hace un tiempo. Nuestros benefactores fomentan las relaciones entre becarios. Así se evitan distracciones y los vientos del exterior no hacen traspapelar las hojas cargadas de fórmulas y teoremas. Pero, a veces, alguien olvida cerrar una ventana, por decirlo de algún modo. Fue Srinivasa quien me entregó el telegrama.

—Tu madre... —me dijo.

Era claro que ya conocía su contenido. Yo había pasado casi todo el día en el tanque de aislamiento, estábamos en las últimas horas de la tarde.

—Hay un vuelo a Buenos Aires en una hora. Ya te preparé la valija —dijo Srinivasa.

Después me abrazó como se abraza a quien se expone a un experimento tan arriesgado como injustificable. Pronunció algunas palabras de consuelo, palabras que no eran necesarias porque lo único que sentía yo era una profunda irritación. ¿Está bien que sintiera eso? ¿Quién es dueño de la verdad respecto de la inmanejable química de los sentimientos? Sopesé la situación como si se tratara de una fórmula fresca, garabateada en las hojas de un bloc muy trajinado: mi madre, a quien no veía desde hacía dos décadas, se había derrumbado mientras regaba sus rosales premiados en varias exposiciones. En algún lugar de su cerebro se había cerrado una puerta y eso fue todo. Así de vulnerables somos, así de expuestos estamos.

Dios existe, estoy seguro de ello; la existencia de alguien superior es la única explicación posible para tanta prueba y error. Dios es un científico con más fracasos que aciertos. Empezó bien, en especial durante los primeros siete días. Pero tendría que haberse retirado hace tiempo.

La vida y obra de Dios me fue relatada por mi padre. Mi padre amaba a su familia y amaba la versión misteriosa de Dios. Aquella que nos lo muestra primero como un individuo siempre furioso y dispuesto a desatar pestes y diluvios por cualquier nimiedad, y después como alguien que se sabe condenado desde el principio y cuestiona a su creador por tan retorcida estrategia a la hora de fundamentar su doctrina. Mi padre era un experto reconocido internacionalmente en historia del arte y podía sentir la respiración de Dios en el mármol del David y en la sonrisa de la Gioconda. Mi padre justificaba los caprichos de este Dios porque cada una de sus divinas arbitrariedades tenía su contraparte maravillosa. Hipótesis que, al menos desde una mirada cientificista, se insinúa como indigna de aspirar a teoría porque ¿cómo explicar entonces que la noche en que se conmemora el nacimiento del Salvador, una bala perdida, disparada por un anónimo y eufórico desconocido desbordando champagne, haya acabado con años de rezos y promesas cumplidas, con una eternidad de celebrar la obra de los artesanos del Señor?

Noche de paz, noche de amor. Yo ya estaba durmiendo, mi madre escuchaba sus discos y mi padre salió al jardín con una copa de champagne en la mano. Me dicen que era un hombre feliz, famoso por su sonrisa indeleble –yo era apenas un crío–, y que celebraba cada minuto de su vida como si estuviera cortado con la rica tela de los milagros. Salió al jardín, dije, y nunca más volvió a entrar. Nunca más volví a verlo.

A la mañana siguiente recibí la noticia de su muerte junto con su último regalo: mi primer juego de química. En la tapa del juego había un dibujo de un ratón con gorro de hechicero rodeado de tubos de ensayo en sus manos. De las probetas brotaban relámpagos y estrellitas. Desde ese día me dediqué de lleno –y casi hasta alcanzar la adolescencia– a lo que, en perspectiva, podría ser considerado como el primer gran fracaso de mi carrera científica.

Perdóname, padre, por no haber podido regresarte al mundo de los vivos.

La ciudad, puedo verlo incluso desde el aire, ha cambiado del mismo modo en que, supongo, he cambiado yo. El avión comienza las maniobras para el aterrizaje y, de alguna manera, me complace mi condición de inmortal tramposo. No existo para nadie aquí, nadie puede entonces decirme eso de «Cómo pasan los años, ¿eh?» escondiendo mal el terror de saber que el que pasa es uno.

Yo no paso; hace tiempo que me hice a un lado. La célula mínima de mi familia se desintegró años atrás, mi madre está en coma profundo, yo vengo a solucionar ciertos asuntos impostergables y es más que improbable que vaya a cruzarme con algún conocido que legitime el paso del tiempo por mi vida. Toda historia tiene un final y hace mucho que mis días dejaron de ser biografía para convertirse en fórmula científica fácil de comprobar. Está bien que así sea; a partir de la sencillez de mi existencia puedo enfrentarme tranquilo a las complejidades del universo.

Forma de vida o táctica de supervivencia, rutina que se ha extendido a todo y a todos los que no se encuentran dentro de la órbita de mi solitaria luna. Es por eso que no entiendo lo que ahora ocurre en el aeroparque. Porque algo ocurre. Me aferro a mi maletín y floto en un mar surcado por hombres de uniforme y gente de civil que los insulta.

—Estos milicos nos están tratando como perros. ¿No vamos a resistir? ¿Vamos a soportar mansamente esta humillación? —grita un hombre joven con una mochila en la espalda.

—¡Viva la democracia! ¡Viva la patria! —exige una mujer embarazada.

Varias azafatas feas lloran y uno de los uniformados se para sobre los mostradores y dispara al aire a la vez que aúlla proclamas incomprensibles, palabras que son sólo abstracciones, que no tienen peso real sobre la superficie del planeta. Consignas que —de ser arrojadas a lo alto— le faltarían el respeto a Sir Isaac Newton: seguirían subiendo y subiendo hasta fundirse con el sol.

La gente se arroja contra el militar, lo reduce no sin esfuerzo. Quizá por el rigor de mi corte de pelo, recibo varios golpes y gritos que me involucran y responsabilizan por acontecimientos aparentemente recientes que desconozco.

En la salida, un grupo de comandos se trepa a una camioneta que arranca en contramano y embiste a varios vehículos. Finalmente, consigo subir a un taxi. Le pregunto qué es lo que está pasando al conductor, pero no me escucha. Tiene la radio a todo volumen y no para de hacer girar el dial. Nada lo conforma y quién sabe qué es lo que busca. Alguna revelación que cambie o justifique su existencia, pienso. Descansa unos minutos y ambos escuchamos las palabras de un jugador de fútbol que habla elogiosamente de otro jugador de fútbol. Tardo unos minutos en comprender que habla de sí mismo en tercera persona y entonces comienzan las puntadas en la cabeza. El terror de desmayarme junto a un desconocido me mantiene en una suerte de semiconsciencia hasta que frenamos delante de la verja de la casa de mi madre, la verja de la que alguna vez fue mi casa.

Me sorprende la cantidad de gente que hay en la calle a esta hora, la cantidad de autos que circulan despacio. Jeeps, en su mayoría. Me cuesta justificar la existencia de tantos jeeps cargados de adolescentes que se comunican entre ellos a los gritos en una versión sintética del idioma. Apenas cinco o seis palabras que se repiten una y otra vez y me siguen mientras camino por el sendero arbolado. Pero los árboles de lo que fue mi casa no alcanzan para ocultar del todo la furia de neón de un shopping-center nuevo en la vereda de enfrente. La casa, es curioso, me parece mucho más grande de lo que la recordaba y no puedo evitar el aproximarme a ella con los mismos recaudos con que uno camina hacia un perro bobo pero inquietante después de todo.

La llave gira sin protestar y, mientras me felicito por haber confirmado mi tesis de que no hubo razón alguna para cambiar la cerradura en todos estos años, escucho mi nombre. Mi apodo, en realidad. He sido reconocido, comprendo. Existo en este mundo y alguien se ha encargado de hacérmelo saber. Alguien que no tardará en decirme que he cambiado mucho o no. No importa. Lo que importa es que ya no soy inmortal, que estoy expuesto. Y habiendo descendido desde las alturas, lejos de la arquitectura tan austera como inexpugnable de la Fundación, dejo caer primero la valija y después a mí mismo sobre una alfombra en la que tantas veces creí ver moverse sus motivos –nobles regateando esclavos en una subasta pública– cuando era niño.

Vilma. Me había olvidado de Vilma y es a Vilma a quien veo sentada junto a mí cuando abro los ojos. Estoy acostado en la cama de mi viejo cuarto y, por unos segundos, compruebo la terrible relatividad del tiempo. Porque Vilma no ha cambiado demasiado; apenas unas vetas grises en el mismo peinado de siempre y la voz un tanto más cansada, como si me hablara por teléfono desde un país lejano.

—Yo te mandé el telegrama. Claro, vos no sabías que hace tiempo que vivo con tu madre. Me lo pidió ella y yo le dije que sí. No sé, me daba lástima verla tan sola…

—Pensaba que te habías ido a vivir a Europa, pensaba que estaban peleadas…

—Sí, estuve un tiempo en Europa. En cuanto a la pelea, bueno, el tiempo pasa y se descubren formas de perdón o al menos de olvido.

—Nunca entendí por qué se pelearon. ¿No eras su mejor amiga?

—Siempre fuiste tan mal mentiroso… ¿Nunca *supiste* por qué nos peleamos? Para saber algo, vos debés saber de esto mejor que nadie, hay que entenderlo primero. Está bien que haya sido así y que siga así. Es riesgoso andar removiendo el pasado. Conformate con lo que ya tenés: quiero tanto a tu madre como quise a tu padre y como te quiero a vos. Ya ves, limpio y sencillo y todos contentos. ¿O no?

Vilma se levanta y dice que me va a buscar café a la cocina. Le digo que estoy bien, que prefiero ir yo, caminar un poco. La casa sigue pareciéndome más grande, las habitaciones más intimidantes y la refracción de los mosaicos en los baños más enceguecedora. Todo parece exagerado, fuera de proporción. Hay garras de león sosteniendo las bañaderas y tengo que ponerme los anteojos para recordar de cerca los cuadros del comedor.

—¿Te casaste? —me pregunta Vilma.

Le contesto que no.

—¿Pero no estás viendo a nadie? —insiste—. No sé, debe ser un poco aburrido ahí en el Sur, ¿no?

Le contesto que no veo a nadie y que no es aburrido.

—Yo tampoco me casé.

Dejo de mirar un recargado atardecer veneciano para mirar a Vilma. Aun en la vejez es una mujer hermosa. Tiene ese particular tipo de belleza sufrida y santa. Estoy por hacer algún comentario al respecto cuando Vilma empieza a hablar de otra cosa.

—Una vez vi tu foto en una revista —me dice—. Estabas con un guardapolvo frente a ese edifico raro donde vivís. Parece un lugar lindo, con muchos árboles… Claro que no entendí nada de lo que decías. Era una revista científica. Me la mostró tu madre. En los últimos tiempos no paraba de hablar de vos. Esperaba cartas tuyas.

—No, no creo que esperara cartas mías.

Se produce un silencio incómodo y Vilma empieza a hablarme de lo que le pasó a mi madre.

—Menos mal que yo estaba con ella. Hablábamos del tema de las bombas, ¿sabés?

—No, no sé nada; pero no importa.

—Entonces tu madre soltó las tijeras de podar y se llevó las manos a la cabeza. Me miró fijo y empezó a hablarme del vestido para su fiesta de quince años y yo al principio pensé que era un chiste y le seguí la corriente. Siguió así casi por una hora. Hablando como una adolescente. Hablando de a quién iba a invitar a su fiesta y a quién no. Me advirtió que tuviera cuidado con robarle a su pretendiente, que no me lo iba a perdonar nunca, que yo podía pensar que la había perdonado pero que seguía siendo una…, una perdida. Movía los brazos y gritaba por todo el jardín. Entonces me di cuenta de que algo andaba mal. Cuando quise sujetarla, se paró en seco y me miró fijo y me habló con la voz de siempre. Me dijo: «Mirá, qué ironía; de todas las personas que hay en el mundo venir a morirme justo delante tuyo...». Y entonces cerró los ojos y se cayó...

Vilma está llorando pero la oscuridad del salón no me permite confirmar sus lágrimas. Me acerco a ella y le aprieto una mano.

—Yo sí te perdono, Vilma, si es que en realidad hay algo que perdonar.

Subo al cuarto de mi madre y abro la puerta. Todo está como entonces. Ahí mismo, recostada sobre exagerados almohadones, mi madre me contó la muerte de mi padre. Me habló del carácter arbitrario de ciertas tragedias para, finalmente, explicarme que no había explicación posible para lo ocurrido. Un exaltado salió a la calle y disparó su revólver hacia lo que él pensaba era cualquier lado y en realidad era la cabeza de mi padre. Eso fue más o menos lo que me dijo.

Ahora camino hasta la cómoda y abro uno de sus cajones. Compruebo una vez más que todo está como entonces, que la memoria no me ha abandonado y que todo tiene una razón de ser después de todo. Me he estado mintiendo durante demasiado tiempo. Años atrás, de rodillas ante esta misma cómoda, juré que sería un científico porque sólo así podría escapar a la locura de las pasiones humanas.

Me pregunto si mi siempre entusiasta padre calificaría de milagro el hecho de que la radio del taxi que me lleva a la clínica se mantenga fija en una estación y que emita las noticias con volumen educado. Aun así, de tratarse de una manifestación de Dios, lo que yo oigo es sin duda mucho más ambiguo y desconcertante que el chiste de mal gusto a Abraham o la broma pesada a Job.

—¿Ustedes son leales o rebeldes? —pregunta un periodista que jadea como si estuviera por alcanzar el orgasmo de su vida.

—No sabemos. Esto es un despelote —contesta alguien—. Ahora parece que lo ocupó Gendarmería.

—¡Hay que rescatar a Chocolate! Lo tomaron prisionero unos pasajeros del vuelo a Córdoba —se entromete una tercera voz.

—¿Usted es rebelde? —le pregunta el periodista.

—¿Qué es un rebelde? —contesta.

—¿Usted qué hace aquí con ese fusil? —insiste el periodista.

—Yo estoy en compás de espera —contesta el hombre que considera imprescindible rescatar a Chocolate.

El taxista parece cansarse de todo esto y cambia de emisora. Tangos. Nunca me gustaron los tangos ni el folklore nacional. No los entiendo y, a lo largo de años de conversar con grandes astrónomos de visita en la Fundación, debo decir que ninguno de ellos tiene una explicación plausible para el concepto de salir «a caminar por la cintura cósmica del Sur».

—Perdone —le digo al taxista—, ¿me puede explicar qué está pasando?

—¿Qué está pasando con qué? —me contesta, y comprendo que toda posibilidad de diálogo nos ha sido negada.

Mi ignorancia está condenada de antemano a chocar con su indiferencia.

Y entonces chocamos contra un camión.

El taxista saca un palo erizado de clavos de abajo de su asiento, se da vuelta y me sonríe cómplice.

—Enseguidita vuelvo, después te descuento las fichas —me dice.

El doctor encargado de mi madre es un buen doctor, supongo. Aparentemente es todo lo que un buen doctor debe ser. Está bien afeitado. No mueve demasiado las manos cuando habla y tiene esa sonrisa apenas insinuada en el lado izquierdo de la cara que parece ser patrimonio exclusivo de todos los hijos de Hipócrates.

Debo admitir aquí que la medicina y sus hombres nunca me inspiraron demasiada confianza. Conozco algo sobre el tema y se me hace difícil justificar la existencia de una disciplina cuya única e imposible misión es la de evitar lo que, desde el vamos, se sabe como inevitable. Con esto no quiero decir que no entienda la penicilina como aquel que no entiende el arte moderno. Pero no puedo evitar cierta perversa diversión a la hora de repasar los artículos que celebran «importantes avances en el tratamiento de enfermos de X, Y o Z».

Como forma de escapismo científico prefiero, sin duda alguna, las ceremonias del psicoanálisis. Sus libros de texto están mucho mejor escritos y los iniciados juegan con magia y golpes de efecto en la ascética atmósfera de un consultorio. En algo nos parecemos: nuestras diferencias son tan insalvables que terminan uniéndonos. No nos molestamos, cada uno atiende su juego y –detalle importante– tanto unos como otros caminamos siempre hacia atrás. Los sacerdotes y sacerdotisas de Freud rompen pesadas puertas de roble a hachazos inmiscuyéndose en pasados ajenos con dosis parejas de buenos modales, intuición y cierta indisimulable malicia.

Y he aquí lo que yo respondería si alguien me interrogara en cuanto a dónde y con qué elementos debe ponerse en marcha una ciencia: todo lo que se necesita es una superficie resistente sobre la cual trabajar. Y buenos modales, intuición y cierta indisimulable malicia. Y caminar *siempre* hacia atrás, con los ojos bien abiertos, con absoluto respeto por lo que nos ha precedido. Sépanlo: cualquier gran descubrimiento, cualquier *avance* revolucionario para la humanidad, ha sido posible a partir de un inicial y cuidadoso examen del pasado y su posterior reformulación. En los errores y omisiones de quienes nos precedieron se esconden los triunfos de los que vendrán. Pretender adelantarse al futuro en busca de pócimas milagrosas –como hacen los médicos– es tan ridículo como blasfemo. La misión definitiva del hombre sobre la tierra es la de perecer. Mi madre, en su condición actual, es una prueba más que convincente de ello.

—Por aquí —me indica el médico—. Número 18.

La habitación es amplia y bien iluminada. Las cortinas están corridas pero son de un material ligero que permite adivinar el verde de un jardín al otro lado. Hay una buena reproducción de un mediodía francés de Van Gogh y unos bocetos a carbonilla de Lautrec encima de un escritorio. Es evidente que el decorador de la clínica cree en la benéfica influencia del período impresionista sobre las posibilidades de recuperación física del paciente.

—¿Escribió algo? —pregunto señalando el escritorio.

El médico me mira de un modo raro. Mira para los costados. Es obvio que no hice la pregunta correcta.

—No ha recuperado el conocimiento desde que la trajeron.

—Ah. ¿Y cuánto puede llegar a durar así? —digo.

Ahora el médico parece más cómodo. Camina seguro por su territorio y hasta se permite cierto ingenio juguetón a la hora de responderme.

—Bueno, ésa es la pregunta del millón. Días, semanas, años. ¿Quién sabe? Todo esto es bastante misterioso. Puede llegar a abrir los ojos como si se despertara de una siesta y preguntar si llueve afuera… O puede haber sufrido un irreparable daño cerebral. Es como apostar por un caballo del que no sabemos nada. Es como apostar mucho dinero, ¿entiende?

—Sí, por supuesto —contesto.

Y recién entonces miro a mi madre. La cama está ubicada contra uno de los ángulos de la habitación, rodeada por maquinarias que registran todas y cada una de las señales emitidas por ese cuerpo entre paréntesis.

—Quisiera estar a solas con ella —digo.

—Entiendo —dice el médico.

Y desaparece como reclamado por un conjuro.

Me acerco a la cabecera de la cama; sí, no hay dudas, es mi madre. Puede parecer infantil pero por un momento llegué a pensar que ahí había otra persona, una desconocida. La confirmación de la realidad, sin embargo, no es muy sorprendente. La miro fijo y no siento gran cosa. Apenas la instantánea actualización de un rostro que recordaba más joven. Y creo que nada más. He aquí a la persona que sabía a la perfección todas las canciones de Cole Porter y todos los diálogos de Bogart y Bergman en *Casablanca*.

Me pregunto adónde se irá la memoria cuando morimos. Porque la memoria, como concepto teológico, me parece mucho más interesante y lleno de posibilidades que el alma. Después de todo, tal vez el alma *sea* la memoria. Me gustaría saber qué pensará Srinivasa de todo esto. Srinivasa cree en la reencarnación e, incluso, jura recordar capítulos de una existencia pasada, cuando fue nada más y nada menos que un gaucho argentino perseguido por fiebres premonitorias. Así que tal vez seamos eso y nada más que eso: memorias que se funden con otras memorias siglo tras siglo. Y, por lógica, no estaría de más pensar en que las memorias son finitas y que, finalmente, todas las memorias serán una y entonces esa Memoria Total será la prueba manifiesta de la existencia de Dios. La paradoja no deja de ser interesante: el Dios que buscamos desde el principio de la historia se nos presentará recién al final de los tiempos; cuando de nada nos servirá saber que Dios era la suma de todas nuestras partes.

Me pregunto qué pensaría mi padre de todo esto, y siento entonces un dolor que me dobla en dos. El dolor que no creo haber sentido aquel día nublado que le echaron dos metros de tierra encima. Recuerdo que la investigación policial fue breve y piadosa. Recuerdo su funeral como una pésima película poblada de malos actores que no podían evitar mirar a cámara. O como un teorema inundado de cifras prescindibles. Recuerdo que Vilma no estaba ahí.

El dolor —una puñalada a la altura del bajo vientre— vuelve a ensañarse conmigo y busco el respaldo de una silla para apoyarme. Alguien grita en el cuarto de al lado. Afuera ha empezado a llover y los gritos invocan un diluvio que terminará por hundir a nuestro país. Llevo la silla junto a la cama de mi madre, me siento y respiro hondo. Me inclino y acerco mi boca casi hasta su oreja.

—Mamá, ¿podés oírme?

La palabra *mamá* suena rara en mi voz y me demoro en pronunciarla y entenderla como lo que significa. Sabe a comida exótica, uno de esos platos cuyos ingredientes no conocemos del todo. Siento algo de culpa por esto y mi propia culpa me sorprende. Porque esta culpa me hace recordar otra culpa, tanto tiempo atrás. Y quizás Dios sea parte culpa y parte memoria y el orden de los factores no altere el resultado final.

Recuerdo que mi padre había muerto. Mi padre se fue sin decirme dónde estaba oculto el tesoro del pirata Morgan. Durante años me había intrigado, ofreciéndome pistas oscuras en cuanto a un compartimiento secreto ubicado en algún lugar de nuestra casa. Allí esperaba, le gustaba decirme, la llegada de un joven aventurero que le sacara provecho a tanto doblón de oro sin dueño.

Una semana después del entierro creí haber encontrado el lugar. Mi madre había salido a ser compadecida en un té con amigas y yo descubrí un doble fondo en uno de los cajones de su cómoda. Lo abrí pero, aparentemente, alguien ya se había llevado el tesoro. Ni una moneda de oro. Ni siquiera un mapa que me condujera a otro sitio. Apenas un paquete con cartas perfumadas de Vilma a mi padre y un revólver plateado tan pequeño que parecía de juguete y al que le faltaba una bala en el tambor.

—Mamá, hay algo que vos creés que yo no sé pero que siempre supe —digo entonces.

El bar está a unos pocos metros de la clínica y yo vine aquí a pensar. Llueve y la noche tiene la textura de un impermeable negro. Es como si lloviera café y el café que me sirven es pésimo. El camarero casi me lo vuelca encima y vuelve corriendo junto al televisor. De vez en cuando golpea el mostrador y eleva los ojos al cielo. En la mesa de al lado dos jóvenes hablan en murmullos conspirativos tomados de las manos. Ella es atractiva pero, descubro, no es tan joven como supuse en un principio. Él tampoco, y además lleva encima un sweater de lana con motivos indígenas. Siempre odié ese tipo de ropa. Siempre la odiamos en la Fundación y no nos detuvimos hasta erradicar a toda una camada de becarios con barba que lo único que hacían era hablar del peyote. Me descubro conteniendo un odio nada racional hacia un perfecto desconocido.

—Ahora más que nunca es el momento de volver a la acción, Lucía. Tenés que estar de acuerdo conmigo —dice el del sweater.

—Pero decime, Juan, ¿no estás un poco cansado de todo eso? ¿Recién llegaste, estuviste diez años cagándote de hambre en Europa y ya querés empezar de vuelta con la joda?

—Sí, justamente. Porque en diez años pensé mucho. Siempre tuve buena memoria y me acuerdo de todos nuestros errores. Esta vez es la última oportunidad, la vencida y la que vamos a ganar. Hay gente nueva y con ganas. Y nosotros somos las personas perfectas para guiarlas en la lucha contra el imperialismo…

La puteada del camarero me hace, afortunadamente, perder el hilo de una conversación hipnótica en su inocuidad. Terminó el primer tiempo del partido y los santos no han escuchado sus oraciones. Pasan propagandas políticas, pasan candidatos. Una pareja saluda desde un automóvil, un hombre mira fijo a cámara. Pasan noticias. Alguien ganó mucho dinero y alguien descubrió… Como en un sueño, me veo a mí mismo dentro del televisor. Una foto fija mía, en blanco y negro, mirando el suelo; una foto que ya tiene unos cuantos años y más pelo. La voz en off habla de «un trascendental descubrimiento de este científico argentino en el campo de los superconductores..., algo que puede ser considerado tan importante como el descubrimiento de la electricidad».

Siento pánico, náuseas, y voy corriendo al baño. Salgo diez minutos más tarde, liviano como un elegido, como si fuera a ascender a los cielos.

—Tenés razón, todo ha terminado. Estamos bien jodidos —dice ahora Sweater Peruano.

Pido el teléfono y reservo un pasaje en el primer vuelo de la mañana. Sólo queda ir a hablar con el médico, elegir con cuidado las palabras justas. Enunciarle mi decisión definitiva con la falsa solemnidad de quien jura la bandera en el servicio militar. Después, esperar a que termine la hora de visitas escondido en un baño. Entrar y nada más que presionar un interruptor. Off. Y volver a encenderlo. Hablar con Vilma, ella se ocupará de todos los detalles, espero; porque yo ya no estaré aquí.

Ha dejado de llover. No habrá un segundo diluvio. Nadie tiene el menor interés en castigarnos.

—Dios mío —suspiro. Y no puedo evitar la sonrisa.

Mi amado Srinivasa Ramanajun —más allá de su implacable tránsito por el mundo de las altas matemáticas— cree en el Khali Durgha y el Khali Yuga, en las diferentes manifestaciones de la diosa Khali. Mi amado Srinivasa Ramanajun asegura que sus dones le fueron otorgados por la diosa Namagiri el día en que nació. Me mostró una figura de la divinidad a la que, jura, le debe todo. Una mujer hermosa cubierta de tules y fulgores haciendo equilibrio sobre una pierna flexionada mientras ejecuta la reveladora coreografía del Katakhali. Namagiri baila en los cielos y, pienso ahora, es a ella a quien encomendaré mi alma. Mañana volaré por su pista de baile, por los cielos del Sur. La línea ondulada devendrá en línea horizontal y nada estará más lejos de la venganza, créanme. No he actuado por venganza sino en defensa propia. Porque quien les habla no es un justiciero sino, apenas, un simple

hombre que vuelve al lugar donde pertenece y de donde jamás volverá a salir. Alguien que vuela de regreso a la más
humilde y perfecta de las inmortalidades posibles y que está
feliz y eternamente agradecido de que así sea.

LA PASIÓN DE MULTITUDES

El deporte practicado con seriedad no tiene nada que ver con el juego limpio. Está relacionado con el odio, los celos, la jactancia, la falta de respeto a toda regla y el placer sádico de presenciar la violencia: en otras palabras, es la guerra sin los disparos.

GEORGE ORWELL,
«The Sporting Spirit»

Ahora subo.
Ahora vuelo.
Ahora caigo.

Ahora caigo y nadie me va a atajar.

Ahora caigo y, ahí abajo, la gente festeja como si fuera el inicio de un mundo nuevo sin darse cuenta de que se trata no de una final de un Mundial sino de un fin del mundo.

Un larguísimo fin del mundo sin final.

Ahora me van a patear un final.

Ahora me van a patear un penal.

Ahora me acuerdo de cómo estuvo el partido.

Ahora veo a mi hija, lejos, al sur, en las playas de Canciones Tristes, en la casa de unos amigos, a salvo.

Nina.

Mi hija se llama Nina.

Y mi mujer se llamaba… se llamaba…

Me duele pensar en el nombre de mi mujer.

No hay calmantes que funcionen, no hay pastillas lo suficientemente poderosas o mágicas, que te ayuden a soportar o superar el dolor que te produce pensar en un nombre en tiempo pasado.

No hay nada más terrible que experimentar lo que sucede cuando el nombre de alguien –cuando el sujeto en cuestión, cuando la más sustantiva de las personas de tu vida, cuando esa marca que es todo nombre, una marca que te ha marcado para siempre– adquiere, súbitamente, las propiedades de un verbo. Un verbo que, de pronto, sólo se puede conjugar en el más imperfecto de los pasados.

Por eso, ahora, mejor, pienso nada más que en Nina.

En Nina en la playa, a orillas del mar, levantando la vista y protegiéndose los ojos con una mano apoyada en la frente para que el sol no la encandile. Nina mirando las nubes y, aunque esté tan lejos, aunque sea geográficamente y temporalmente imposible (porque Nina estuvo en esa playa hace más de dos años y no sé nada de ella desde 1976 y vaya a saber uno dónde y con quién estará ahora y ruego por que Nina esté bien, que sea feliz, que se acuerde de mí, de nosotros), espero que, esté donde esté Nina, me sienta aquí arriba, bajando, cayendo, saludándola con la mano.

Espero que Nina alce su cabeza y que mire al cielo todas las veces que pueda.

Y que sonría mientras yo paso como se pasa una página, apenas una página, pero una página importante.

Una de esas páginas a las que –una vez leídas– se vuelve una y otra vez para asegurarnos de que siguen allí, de que nos siguen diciendo lo mismo que nos dijeron cuando las leímos la primera vez, mientras ellas nos leían a nosotros.

Una de esas páginas que pasan mientras nosotros pasamos por ahí.

Una de esas páginas en las que nos gustaría quedarnos para siempre.

Una de esas páginas que nos gustaría que nunca pasara de página.

Lo que pasó fue terrible, pero también fue raro.

Lo que pasó es que a mí el fútbol nunca me interesó.

No recuerdo —hasta ahora, hasta mi inesperada consagración— haber jugado alguna vez al fútbol.

Nunca.

Ni siquiera de chico.

Jamás me preocuparon la alineación de los equipos, los colores de una camiseta, la exagerada y por lo tanto imposible idea del honor y de la hermandad, esa felicidad o agonía de los domingos, la caminata ritual hasta ese o aquel estadio, las involuntariamente experimentales y vanguardistas declaraciones de directores técnicos y jugadores, los apellidos recitados rápido y uno detrás de otro hasta sonar como un trabalenguas o como idioma extraterrestre.

Y aun así, de pronto, resulta que soy un gran arquero.

El mejor de todos.

O, al menos, el mejor de todos los arqueros que jamás hayan pasado por El Colosal, también conocido como La Chocolatera.

Es un chiste, claro.

Un chiste tonto.

Algunos de los jefes, aquí, son de River Plate y le dicen El Colosal aludiendo a El Monumental.

Otros son de Boca Juniors y le dicen La Chocolatera aludiendo a La Bombonera.

A veces pasa: la gente más mala es, también, la más infantil.

Lo que me lleva —más o menos directamente— a la maldad de los niños y todo eso.

La maldad de los niños era –iba a ser– el título de mi primera novela. La novela que ya jamás voy a escribir. Ésa era la idea: ser escritor.

Ser arquero nunca estuvo en mis planes. Pero la vida es rara y la muerte es más rara todavía.

Yo quería ser escritor y yo tenía amigos escritores (uno de ellos, me acuerdo, fantaseaba todo el tiempo con ir a una especie de colonia para escritores en Iowa, quedarse ahí, no volver nunca a lo que denominaba «mi próximamente inexistente país de origen») y todos íbamos a la facultad. A mi familia no le causaba mucha gracia todo eso. Mi vida estudiantil. Mi filosofía y mis letras. Mi vocación literaria. La idea era que yo estudiara Derecho y que después –en línea recta y sin distracciones– entrara a trabajar en el bufete de papá.

«Te van a secuestrar para que yo pague el rescate. O vas a terminar loco como el hijo de uno de mis socios, ese que no para de hablar de Mickey Mouse. O peor: te vas a meter en cosas raras y peligrosas», me advertía mi padre.

Y la verdad sea dicha: a mí la política me interesaba casi menos de lo que me interesaba el fútbol. Varios amigos que *también* querían ser escritores se *metieron* en política. Nada que ver con el que soñaba con Iowa, quien se había hecho escritor «porque a mí me gusta estar solo y en esos ambientes *nunca* podés estar solo y tenés que escribir esos panfletos insoportables y escuchar discursos absurdos. La política es como la publicidad. Puro *slogan*. Perón es el mejor publicista que jamás tuvo este país. Perón te vende cualquier cosa. En lugar de ese logotipo, de esa *P* con esa *V* abajo, de ese *Perón Vuelve* o *Perón Vive* o *Perón Vence,* lo que habría que decodificar ahí es *Perón Vende.* Mejor y más barato. Liquidación Total por Cierre y Cambio de Firma y Ramo. Rapiditooo que se me acaba». No, mis otros amigos se *metieron* en política «para cambiar la Historia» (siempre me sorprendió el que nadie afirmara que se metía en política para mejorar la Historia en lugar de cambiarla) o, tal vez, para que les pasara algo interesante, algo digno de convertirse en novela, en ficción verdadera. El problema de muchas primeras novelas es que sienten la obligación de ser autobiográficas. Y si se tiene poco que contar, muchas hacen muchas cosas que… Y entonces, si te metías en política, te pasaban cosas.

Unos pocos −yo los conocí, yo los admiré, yo quería ser como ellos, yo quería escribir como ellos− «se metieron por sus hijas».

Yo no tuve ese problema.

Nina no tenía edad suficiente para salir a jugar a los indios y cowboys en los bosques de Ezeiza.

Y yo tenía totalmente planeada mi primera novela.

Sabía a la perfección cómo sería el protagonista de la novela que ya no voy a escribir. Era una novela burguesa. No era una novela militante ni guerrillera ni autobiográfica.

Era la historia de un chico que un día decide ser malo.

Eso era todo.

La obsesiva reconstrucción de un instante definitivo, el aria de un pequeño momento sin retorno que, a partir de entonces, marcará y resonará en sucesivas variaciones maléficas a lo largo de su vida.

En *La maldad de los niños,* el protagonista esconde la pelota que cae en el jardín de su casa y no se la devuelve a su dueño: otro niño, un niño no pobre pero sí tanto menos rico que el protagonista, un niño que se aleja del lugar llorando y, al cruzar la calle, no ve venir un auto y…

El resto de *La maldad de los niños* no sería más que el obsesivo recuento de todas las cosas que suceden, directa e indirectamente, relacionadas con el iniciático robo de esa pelota que el «héroe» conserva en una caja fuerte, como si se tratara de una reliquia sagrada o de un talismán todopoderoso. Lo que yo no sabía era cuál o cómo sería el final de *La maldad de los niños.*

No importaba.

Había tiempo.

Pero, en realidad, nunca hay tiempo.

Lo que sí hay son esas ganas de que haya tiempo, de que el tiempo nunca se acabe.

Pero eso recién se comprende, sí, cuando el tiempo se terminó, cuando no queda más tiempo, cuando alguien apaga las luces y cierra la puerta y –a propósito o sin darse cuenta– pierde la llave, y el mapa, y la memoria.

Me acuerdo que fue por entonces que conocí a Aquella-Cuyo-Nombre-Me-Duele-Tanto-Pensar y a la que –por cuestiones de funcionalidad narrativa– de aquí en más me referiré como a La Madre de Nina.

La Madre de Nina era una chica bien.

Una chica hermosa.

La Madre de Nina tenía doble apellido.

La Madre de Nina no quería ser escritora, ni burguesa, ni revolucionaria.

Pero La Madre de Nina *sí* quería ser *muy* autobiográfica.

La Madre de Nina quería ser musa.

La mejor y más prestigiosa de las ocupaciones. Hay mujeres así. Son, se sabe, mujeres peligrosas aunque no quieran serlo o no sean conscientes de su peligrosidad, aunque suelan ser buenas mujeres. Son mujeres que se creen detonador y palabra mágica. Son mujeres que se sienten como el ingrediente clave de la fórmula milagrosa.

Así era La Madre de Nina y así fue como alguien como La Madre de Nina se fijó en alguien como yo. La Madre de Nina vio en mí a alguien que podía llegar a hacer algo, pero que de ninguna manera podría conseguirlo sin su ayuda. No digo que La Madre de Nina no me haya amado; sólo apunto que en su amor había, también, una necesidad de amarse a sí misma.

Todos los amores son así.

Incluso el amor por el fútbol.

Mírenlos ahora: ahí están todos, en las calles, declarando su amor eterno por once hombres a los que no conocen pero a los que sienten como si fueran hermanos o hijos.

Once hombres por los que matarían o morirían.

Bueno, no tanto.

Que se maten y maten y los maten a los otros. A todos esos que algo habrán hecho para que les hagan lo que les hicieron o les van a hacer. Esos que van a hacerles para deshacerlos, para que se esfumen en el aire, para que desaparezcan.

Me sacan a dar una vuelta.

En auto.

En el asiento de atrás.

Ellos dos van adelante.

Salimos por la puerta que da a Avenida Libertador y vamos bajando hasta la 9 de Julio y subimos por ahí y llegamos hasta el Obelisco.

Lo recordaba más alto.

También recordaba a los alumnos de colegio secundario —hay varios que revolean los blazers de sus uniformes— con el pelo más largo. Ahora todos llevan el pelo corto, todos tienen el mismo corte de pelo. Nos vamos cruzando con varios, con muchos, con cada vez más.

«Los colegios los dejaron salir antes —me dicen—. Para que festejen.»

«El paseo es un premio», me explican.

Un premio por «mi desempeño en el partido de hoy».

Otro premio.

Como la habitación para mí solo.

Como el televisor para ver los partidos.

Como las ediciones especiales de *Gente* (en una portada aparece una tal Piva, futura gran modelo argentina, aseguraban; casi una nena, no mucho mayor que Nina, embutida en unos shorts negros y en una camiseta de la selección con escote profundo) y *El Gráfico* (Mario Alberto Kempes corriendo, con un short negro casi tan apretado como el de Piva, la melena petrificada por el viento que surgía de miles de gargantas bramando un gol), revistas a las que me he vuelto adicto y que ahora estudio con la misma pasión que alguna vez estudié a Fitzgerald y a Chandler y a Cortázar.

Me sacan a pasear para que vea cómo la gente –que comienza a llegar, bajando y subiendo por Corrientes, saltando y dando gritos, arrojando papelitos al aire, abrazando policías, sacudiendo banderas y golpeando bombos y tambores– celebra y «es más feliz que nunca».

La gente grita.

La gente, más que gritar, aúlla.

La gente aúlla «¡Argentina! ¡Argentina!».

La gente aúlla «¡El que no salta es un holandés!».

La gente aúlla «¡Lo' vamo' a reventar, lo' vamo' a reventar».

La gente aúlla esas cosas y yo me digo que ahí, entre ese primer aullido patrio que muta a desprecio por el extranjero y luego va a dar a una promesa de sangre derramada se recorre, en pocas palabras, toda una historia, se traza un recorrido que explica tantas cosas inexplicables.

Un chico y un viejo –los dos disfrazados como Gauchito, esa repugnante mascota deportiva– se arrojan frente a nuestro auto y casi los atropellamos. Pero no. El efecto es curioso: es como ver cómo es y cómo será, al mismo tiempo, una misma persona. Lo inalterable de su estupidez más allá del paso de los años. Me consuela pensar que, a pesar de todo, sigo pensando como un escritor, como alguien que quiere ser pero ya no será escritor. Me alegra darme cuenta de que, de tanto en tanto, todavía puedo pensar en algo que no tiene que ver con el fútbol.

«Ganamos», me dice uno, el que se hace llamar Cable Pelado.

«Y ustedes perdieron», dice el otro, el que no maneja, el que todo el tiempo se preocupa por que sus zapatos luzcan resplandecientes.

«No, no –corrige Cable Pelado–, hoy ganamos todos, hoy todos los argentinos somos hermanos y luchamos por una misma causa y nos preparamos para la batalla final del domingo y la puta madre que los parió, Dios es argentino, me cago en Dios. Al final era verdad: todos unidos triunfaremos, ja.»

Y los dos, con lágrimas en los ojos y sonrisas en las caras, se ponen a cantar el himno nacional. Y aunque estén sentados, estos dos locos –a veces me producen una rara e inexplicable ternura, son tan monstruosamente infantiles, la maldad de los niños– se incorporan un poco en sus asientos, como haciendo el gesto de ponerse de pie.

Oíd, mortales, el grito sagrado:

Es el 21 de junio de 1978.

Argentina 6-Perú 0.

Y eso es lo bueno del Mundial. Su ajustado calendario que me permite recuperar la exactitud de los días y de las horas. Las fechas de los partidos no sólo me informan del día que es hoy sino, también, del tiempo transcurrido desde que me fueron a buscar y me encontraron.

Antes, horas antes, tal vez el día anterior, buscaron y encontraron a La Madre de Nina. Llevábamos un tiempo separados. La Madre de Nina había descubierto que ser musa de un certificado jefe guerrillero tenía más *charme* que ser la musa de un escritor en potencia. Un día me llamó para decirme que tenía que esconderse, que había dejado a Nina con unos amigos. Después me dijo, triste, que el gran día estaba cerca, que «como dijo el Che, hasta la victoria, siempre». Le recordé que no podía afirmarse que el Che hubiera ganado, y me cortó sin decir nada más. Su última palabra –la última palabra que le escuché decir– fue *siempre*.

Cuando la agarraron, ella estaba sola, en la esquina de Viamonte y Leandro Alem. Me lo contó Cable Pelado. «Pobrecita, estaba esperando a ese hijo de las mil putas de Lucas

Chevieux. Al héroe de ustedes. Y resulta que el gran revolucionario entregó a su compañerita para salvarse él y ahora está en Francia dándose la gran vida, qué me contás.»

Y yo no le cuento nada.

Yo ya no cuento nada.

Yo ahora narro.

Yo ahora transmito.

Partidos de fútbol.

Como si tuviera una radio dentro de la cabeza. Como si me hubieran injertado el tumor de una de esas radios chiquitas que la gente lleva en la mano, apoyadas contra la oreja. Como si fueran los aparatos esos que les clavaban a los hombres-robot en la nuca, en *El eternauta*. Esas radios que los radiactivos se llevan al oído para oír a gente gritando jugadas y nombres y que yo jamás entendí, y jamás entenderé, cómo hacen para comprender, para visualizar eso que les estaban describiendo a los gritos y a toda velocidad. Esos fanáticos del fútbol que —supongo que algo parecido les sucede a las personas muy religiosas: no les hace falta ver a Dios para entregarse a él— disfrutan del fútbol aunque no lo vean. Seres a los que siempre imaginé —en otra dimensión, en una dimensión más o menos paralela a la nuestra— como a superlectores. Individuos que abrirían libros como si fueran puertas y que se zambullirían ahí, en ese océano blanco y negro, viéndolo todo, hasta el más mínimo detalle y hasta convertirse, sin esfuerzo, por obra y gracia de la selección natural, en ultraescritores. En genios de la literatura, en iluminadores de historias portentosas pobladas por reyes en atuendos dorados y elefantes cruzando montañas.

Pero yo ya no pienso en eso.

Yo ahora pienso en otras cosas para no pensar en ciertas cosas.

Yo ahora pienso en cosas como que la única revolución admirable es la que ha propuesto la marca Adidas con el diseño conmemorativo de la pelota modelo Tango: veinte paneles con un diseño de tríadas, mejor impermeabilización y máxima resistencia del cuero.

Yo ahora pienso en cosas como «Menottifillollbaley lavolpegalvánpassarellaolguíntarantinipagnaninioviedokillerardilesgallegolarrosavalenciaalonsovillakempesbertoniortizhousemanluquemenotti» y –los quiero a todos igual, los quiero mucho– disculpen si me olvido de alguno, muchachos.

Vivimos días inolvidables. Yo y todos los que fueron muriendo. Los que se llevaron para traerlos acá y después llevárselos a otra parte. Me gustaría poder recitar sus nombres como recito los nombres de los héroes de la Selección Nacional. Ese sonido como el sonido de un mantra muy complicado pero que –si uno se dedica como corresponde, si uno pone ganas y lo da todo por los suyos y lo memoriza– resulta consolador como una victoria secreta e intransferible.

Pero no puedo.

Tengo que leerlo y me lo escribí en una tira larga de papel.

Si me aprendo esos nombres –ese sonido– podré olvidarme de tantos otros nombres, de tanto ruido.

Acá –un acá que para mí ya es un allá, porque ahora yo subo y vuelo y caigo– nos arreglamos con seudónimos, con nombres, con diminutivos, con alias y nombres de guerra conmovedores en su ingenuidad y que suenan más a personajes de historietas que a caudillos. Nunca nos llamamos con apellidos entre nosotros. Seguimos pensando que los apellidos son peligrosos. La costumbre. La costumbre de tener más miedo que apellido.

La Madre de Nina tenía poco miedo y doble apellido y un tercer apellido que era el mío, el que aparecía muy subrayado en la agenda junto a un teléfono y una dirección y así fue como vinieron a buscarme y me encontraron.

Yo estaba releyendo dos libros cuando patearon mi puerta. Un libro de cuentos y una novela. Los dos –me los había pasado mi amigo que soñaba con Iowa como si se tratara de la Tierra Prometida o algo así– eran libros de escritores norteamericanos. Un cuento que terminaba con la frase «Then it is dark; it is a night where kings in golden suits ride elephants over the mountains» y una novela que comienza con la frase «All this happened, more or less».

Lo que más o menos sucedió, luego de esa noche, fue que me llevaron y me trajeron a El Colosal, también conocido como La Chocolatera, y me hicieron cosas que –como el nombre de La Madre de Nina– prefiero no recordar.

Dolieron mucho.

Duelen demasiado.

Por el camino, los dos tipos me preguntaron –supongo que por hablar de cualquier cosa– cuál era mi equipo de fútbol. Cuando les respondí que ninguno, que el fútbol no me interesaba, que nunca me había interesado, los dos casi tuvieron un ataque de nervios. Me miraron como si fuera un fenómeno de circo, algo inexplicable, una aberración de la naturaleza que no tenía razón de ser o existir.

Y la cuestión aquí –el misterio del asunto– es cómo me las arreglé para sobrevivir tanto tiempo ahí adentro, para superar todo pronóstico atendible y fiel estadística y expectativa de vida.

La respuesta al enigma es absurda, inesperada, increíble pero cierta: resulta que allí adentro descubrí y descubrieron que yo era el mejor arquero del mundo.

Decir, sí, «el mejor arquero del mundo» despertará inevitables dudas. Dudas imposibles de disipar, porque –a diferencia de lo que ocurre con casi todos los grandes del fútbol– en mi caso no quedará ningún testimonio gráfico o visual de mis proezas. Tampoco, si la cosa sigue así, quedarán testigos de los grandes momentos, de los inmensos éxitos, de aquel que parecía tener imanes en sus guantes, de ese que detenía todas las pelotas, desde cualquier distancia y ángulo, del hombre al que sus rivales y compañeros de equipo bautizaron como «Las Manos de Dios».

Algún día, supongo, *sí* se sabrá que en los campos de detención se organizaban torneos de fútbol, que se armaban equipos, que los desaparecidos jugaban contra los desaparecedores y los torturadores contra los torturados.

Jugábamos en baldíos de tierra dura, en playas de estacionamiento de cemento, rara vez sobre césped.

Jugábamos de noche o al amanecer o bajo la luz sepia del crepúsculo.

Y adivinen quiénes ganaban siempre.

Pero todo cambió con mi llegada, con el descubrimiento de mi don, con la certeza de que mis manos eran mejores atajando que sosteniendo libros y escribiendo palabras.

Tiene su gracia, supongo.

Yo, de algún modo, quería escribir la inexistente Gran Novela Argentina sobre el fútbol argentino. Pero de una manera lateral y sutil; porque en *La maldad de los niños,* el fútbol aparecía como una sombra ambigua y bajo un título plural, como si se refiriera a todo un equipo de malvados pero finalmente narrando una maldad única y personal. No habría partidos de fútbol en *La maldad de los niños,* ni prosa encendida, ni sentimentalismo patrio. Y en *La maldad de los niños,* la pelota jugaría como justiciera Excalibur pero, también, como corruptor anillo fraguado por Saurón.

Pero no hice y ya no haré nada de eso. En cambio, me convertí en parte del asunto, en protagonista, en crack después del crack.

No diré que entonces entendí el fútbol como mi vocación —nada de eso— pero sí como mi don y mi poder.

De pronto, no podían hacernos goles.

De tanto en tanto, yo me dejaba hacer alguno a cambio de algo para alguien o para mí. A no confundirse: no le salvé la vida a nadie, pero sí les hice la muerte más fácil a unos cuantos.

Y una vez conseguí que me trajeran, junto con *Goles,* un ejemplar de *El eternauta.*

Pero a los que se sienten ganadores no les gusta perder. No les causa gracia. No hay nada más derrotado que un vencedor cuando pierde. Esa cara que pone. Esa cara de *¿qué pasó?*

Así que un día me «ascendieron».

Es decir: un día me pasaron al equipo de «los buenos», al equipo de los locales, los dueños de casa.

Así fue como empecé a atajar para los encargados del «manejo y administración» y de las «tareas de limpieza» en El Colosal también conocido como La Chocolatera. Atajaba para el equipo local, en campeonatos privados pero cuidadosamente planificados en los que se enfrentaban las «selecciones» de otros funcionarios, de otros «equipos», de otros «campos». Los partidos contra los «visitantes» –los que llegaban y no se quedaban demasiado tiempo– eran apenas calentamiento. La verdad pasaba por los partidos entre colegas.

Falcon Verdes versus Deportivo Alto Voltaje o algo así.

Y allí, entre ellos, yo no fui feliz pero sí fui otro.

Y eso, para mí, era suficiente.

Observé –como desde afuera, como desde lejos, como si fuera un astronauta dando vueltas a la pelota de la Tierra– el modo en que mi leyenda crecía y mi vida anterior, el aburrido primer tiempo del partido de mi vida, se convertía casi en un rumor distante, en algo que se volvía cada vez más difícil de oír, en algo que se iba quedando sin pilas y que cada vez costaba más sintonizar en una de esas pequeñas radios. En cambio, podía contemplar y entender mi presente con una claridad implacable.

Y comprendía también, de pronto, por qué nadie había escrito hasta ahora la Gran Novela Argentina del Fútbol.

La Gran Novela Argentina del Fútbol no existía porque el fútbol no era argentino. Los argentinos aman y viven y mueren por el fútbol, sí, pero eso no significa que el fútbol sea argentino. Los argentinos serían incapaces de inventar un deporte como el fútbol y de ahí que no jueguen al fútbol sino que jueguen *contra* el fútbol mientras lo practican. De ahí que protesten, se tiren al suelo, peguen, mientan y se declaren ganadores hasta cuando pierden y que confíen en el advenimiento del mesías de turno que los salve. No existe la Gran Novela Argentina sobre el fútbol, comprendo, porque se puede escribir sobre lo que no se conoce, pero no se puede escribir sobre lo que no te pertenece. Así, de existir, de ser escrita y jugada algún día, la Gran Novela Argentina debería ser la historia de un robo, de un secuestro, de algo que desaparece, de una derrota.

La maldad de los niños.

El mal.

Una mañana —lo vi de lejos, detrás de una ventana— vino a verme jugar Videla. Me dio la mano. Me dijo que era una lástima que no me hubiera dedicado al fútbol porque «con usted de nuestro lado, seguro que ganamos el Mundial del año que viene».

Y todos celebraron el comentario, como si hubiera sido un gol, con carcajadas automáticas.

Y, sí, más de una vez pensé —a medida que mi gloria aumentaba y los disparos más imposibles iban a dar a la posibilidad implacable de mis manos— en que me hubiera gustado escribir todo eso. Ponerlo en la prosa barroca y sentimental y por momentos enloquecida de las revistas de fútbol.

Pero no.

No podía.

El arquero había vencido al escritor.

Por goleada.

Aunque —ya saben— un partido no está ganado hasta el último segundo.

Y en el último partido del campeonato —en el último minuto— yo me preparo a atajar un penal.

En realidad, me preparo para no atajarlo.

Y no lo atajo.

Y perdemos.

Y pierdo.

Y lamento desilusionar a los ilusos: no hay aquí, no hubo entonces, ninguna decisión ética, ningún momento de redención, ninguna epifanía liberadora, ningún arrebato apasionado, ninguna última revancha.

No.

Para nada.

Lo que pasa es que me distraigo y no miro al jugador rival ni sigo la trayectoria de la pelota que patea porque, de golpe, se me ocurre cuál es el final de *La maldad de los niños*.

Y es un final único, perfecto, insuperable.

Es más que el mejor de todos los finales: es el único final posible.

En cambio, a mis directivos y entrenadores y compañeros de equipo se les ocurre otro final.

Mis directivos y entrenadores y compañeros de equipo piensan que lo hice a propósito y, por supuesto, no entienden ni aceptan mis explicaciones.

Me expulsan.

Me van a poner a saltar.

Me van a reventar.

Argentina, Argentina.

Así que ahora es un mediodía de domingo y me suben a un auto y me llevan a un pequeño aeropuerto en las afueras de la ciudad.

La calle está llena de gente que va caminando hacia el estadio como en una peregrinación y de personas paradas frente a los negocios que venden televisores. Las manos apretando banderas, los ojos clavados en las pantallas encendidas.

Hace frío y hay algo precioso en tener este frío, pienso; porque es un frío de verdad. Un frío exterior, un frío que sienten todos y que no se parece en nada a ese frío interior que siento yo desde hace ya demasiado tiempo. Éste es un frío cálido, algo así. El frío que acaba produciendo el calor de una chimenea apagada. El frío en el que se transforman las llamas, las cenizas. El fantasma de un fuego querido e inolvidable.

Cuando llegamos me meten en un avión y me hacen tragar unas pastillas que no me duermen pero que sí me hacen recordar cosas raras y, de golpe, comprendo que me olvidé del final de *La maldad de los niños* y me pongo a llorar sin lágrimas.

Me atan y me dicen que me quede ahí calladito, que van a volver después del final.

«¿Qué final?», les pregunto con una voz que suena como si estuviera grabada en cámara lenta.

«¿Qué final va a ser? La final. Argentina-Holanda, tarado. A ver si nos va mejor de lo que nos fue con vos.»

«Ah, buena suerte. Saludos a nuestros héroes en esta jornada histórica», digo yo, o al menos creo que eso es lo que digo.

Un par de horas después —sé que pasaron un par de horas y no un par de siglos o un par de minutos de este 25 de junio de 1978— escucho los gritos y las risas y las explosiones y las bocinas de los autos.

Después los oigo llegar, volver.

Uno dice «Y ahora, las Malvinas».

«No jodás, Rendido, que ahí en las islas hace mucho frío», le comenta alguien con el cuello envuelto en una bufanda celeste y blanca que le llega casi hasta los pies. Es muy bajito y lleva la bufanda que alguien tejió para un gigante o para otra persona.

Otro llora emocionado.

Un tercero está tan borracho que apenas puede mantener el equilibrio.

El último de ellos viene marchando y parece como si estuviera iluminado, como si un haz de luz lo siguiera desde las alturas.

Los cuatro suben al avión y despegamos y uno de ellos me levanta y abre la puerta. Volamos sobre la ciudad. Abajo veo el estadio Monumental envuelto en una tormenta de nieve, en una nevada mortal y alienígena, como si estuviera todo dentro de una de esas bolas de cristal.

Y las calles y avenidas desbordando de gente.

Son tantos, son tan pequeños.

Enseguida, la ciudad se acaba y empieza el río.

El piloto y el copiloto cantan a los gritos «Veinticinco millones de argentinos, jugaremos el Mundial».

El borracho está tirado en el suelo del avión y solloza un «Se los dedico a mi viejo y para mi viejita, que están en el cielo». Me mira a mí y alza el brazo y dice «Gracias por todo, varón. Gracias por las alegrías que nos diste».

El otro, al que le dicen Rendido, me sostiene frente a la puerta abierta y me sonríe casi con tristeza, me abraza y —ahora subo, ahora vuelo, ahora caigo— justo antes de soltarme me dice algo.

Me lo dice gritando, para que yo pueda oírlo por encima del ruido de las hélices del avión arriba y del rugido de la multitud abajo.

Me dice una sola palabra y no hay nada más que decir.

«Campeones», me dice.

HISTERIA ARGENTINA II

De esta fiesta mundial de la muerte, de esta
mala fiebre que incendia en torno de ti el
cielo de esta noche lluviosa, ¿se elevará el
amor algún día?

THOMAS MANN,
Der Zauberberg

El anuncio de una *Histeria argentina II* presupone la obvia existencia de una *Histeria argentina I*. Al menos así se trabaja en la industria cinematográfica de ese suburbio de Los Ángeles llamado Hollywood.

Por regla general, las segundas partes son siempre peores que las primeras. Peores guionistas, peores directores, los mismos protagonistas de la primera parte, sí, pero parecen todos más cansados, como si su destino circular, su eterna condena al volver a empezar los fueran erosionando hasta convertirlos en sombras bidimensionales de lo que alguna vez fueron. ¿Nos encontraremos con la excepción que confirma la regla en *Histeria argentina II?* Puede que sí, puede que no. Pero ustedes nunca podrán saberlo en este caso. Ese hombre que ven ahí gritándole cosas a su computadora acaba de perder para siempre su *Histeria argentina I* gracias a una perversión de la informática. Un golpe de tensión y, *adieu,* doscientas páginas revisadas una y otra vez desaparecen en una suerte de limbo donde sólo los chips y los microchips pueden entrar.

Explicaciones para la catástrofe siempre hay muchas y el especialista que le vendió la computadora no dejará de recitárselas con esa combinación de mística y soberbia que caracteriza a estos infelices sabios; individuos que, seguro, esconden detrás de su electrónica obsesión eyaculaciones precoces y programas lentos; perversiones de todo tipo incluyendo la abstinencia estricta de todo tipo de contacto sexual.

Hay otra posibilidad para la razón de ser de todo el espanto, claro. Hay un hombre —un adolescente en realidad— en silencio, de pie junto al escritor. El joven mira para otro lado, busca sin encontrar algún chiste y, finalmente, dice algo así como «a mí también me pasó una vez». Por razones de comodidad, respeto de la privacía y forma de cábala, llamaremos a este personaje apenas *A*, porque escribir aquí su nombre completo podría desencadenar el viento imparable de otras desgracias. Ya saben de quién estoy hablando, pero nunca está de más detenerse en mínimos y quizás imprescindibles datos de *A* antes de pasar a cuestiones más urgentes: *A* es –según las tan autorizadas como poco confiables palabras de su hermano mayor cuyo paradero hoy se desconoce– «... el orgullo de la familia..., siempre le están pasando lo que entre nosotros hemos dado en llamar *cosas espantosas»*.

A vino a proporcionarle ciertos datos al escritor (el padre de *A* es la cabeza de una de las tantas familias patricias de por aquí, medio apellido inglés y campos en la Patagonia) porque el dueño de la computadora es, antes que nada, el más mentiroso de los historiadores argentinos. Trabaja para una misteriosa Fundación norteamericana que parece siempre ansiosa por registrar los tan comunes como increíbles despropósitos que propone nuestra historia argentina. Así fue como empezó enviando para allá un par de trabajos serios: investigaciones acerca del tipo de paraguas bajo los cuales complotaron los patriotas aquel lluvioso día de mayo. Cosas por el estilo. Pero enseguida se impuso la tentación de lo ficticio y aquí cabalgan Chivas y Gonçalves y allá remonta su amnesia un prócer exiliado. Al poco tiempo, las imprecisiones y una primera carta de la Fundación comienzan a complicar un tanto el panorama: «Hay algo que no nos queda del todo claro; usted afirma que el caballo se llamaba Blanco y que «se trataba de un animal pesado y negro como la noche» para, a las pocas páginas, explicar que «Blanco fue ennegreciéndose hasta convertirse en el primer caballo/libro de toda la historia argentina». Seguramente, se trata de un mínimo error de interpretación que no dejará de aclararnos en su próximo envío y...».

Pánico y fuga. Volver a empezar. El escritor intenta entonces la escritura de una primera novela –iniciática y sutilmente autobiográfica, como corresponde–, que trata sobre la histeria de las mujeres argentinas en general, sobre la histeria de una mujer argentina en particular y que se llama *Histeria argentina*. La novela que acaba de desaparecer para siempre.

Sinopsis: joven historiador con una curiosa afición por todo aquello que sea falso comete el error de enamorarse de joven señorita. La novela abre en el momento en que la señorita, de nombre Sara, le dice algo así como: «Lo nuestro no funcionó porque vos no supiste hacerte ver ante mí». Esta frase obliga a nuestro héroe a una profunda reflexión acerca de cómo se desvanece el amor. Entonces se materializa la escritura de un documento que responde al título de *Sobre los peligros de la invisibilidad*. Wells y Borges son citados con cierta incómoda insistencia. El primero, a través de su patético y finalmente demencial personaje, el físico inglés Griffin. El segundo, a partir de uno de sus comentarios –«cuando era chico siempre quise ser invisible»– y del castigo en que se traduce semejante blasfemia: «una ceguera color amarillo patito», en el decir del protagonista de la novela. La invisibilidad, descubre el narrador, es una calle de doble mano: uno se hace invisible para los otros pero, al poco tiempo, los otros se vuelven igualmente invisibles para aquel que no puede ser visto. La invisibilidad es una de las formas más terribles del olvido y es contra este olvido que el protagonista lucha. Por el camino, en el fragor de la batalla, atropella y derriba a Borges a la salida de una popular galería porteña y, en una remota isla griega, descubre la clave definitiva del enigma sanmartiniano y la verdadera personalidad de este prócer también conocido como «el padre de la patria». La novela concluye con la huida hacia delante de nuestro héroe –forma más que práctica de ejercer los beneficios de la teoría de la relatividad dentro del orden doméstico–, el abandono del hogar el día en que Borges muere y la firme intención de recuperar la visibilidad.

Sabemos que Chivas y Gonçalves murieron en el naufragio del *Doncella de Palestina*. Pero hay momentos en que a este escritor le gusta imaginarlos como sobrevivientes, aferrados a algún tablón providencial o montando caballos repentinamente anfibios. Cambiar la historia. Pero no. No puede recuperar de la muerte a estos dos del mismo modo que le es imposible la resurrección de su *Histeria argentina,* esa que tantas penurias le causó.

Aun así, en ocasiones, después de alguna clase en su taller literario, se le vienen encima páginas enteras de la novela, le saltan al cuello con entusiasmo de perros de presa. Fragmentos que lo muerden con la ferocidad extra que es patrimonio de todo lo irremediablemente perdido y, por lo tanto, inalterable. Aquí están, éstos son. Mírenlos caer sobre el pobre desdichado.

1) Todo será falso y, por tanto, hermoso (Christopher Frank, *Le rêve du singe fou*).

2) La otra noche Sara se las arregló, ella sola, para derrumbar siglos de historia romántica, de sentimientos encendidos. Los vi caer, oí su definitivo estruendo: Jay sobre Daisy, Marco Antonio sobre Cleo, Bronski sobre Ana, el esclavo negro acariciando los bucles rubios de la nívea hija del terrateniente.

–El problema con vos –me dijo Sara entonces– es que no supiste hacerte visible ante mí.

3) Sara no dijo «no puedo verte», pero en realidad sus palabras significaban casi lo mismo. El tema de mi aparente invisibilidad terminó superándome y demasiado pronto me descubrí plenamente dedicado a perfeccionar mi, llamémosla, transpa-

rencia. Dejé de ver a la gente y, claro, la gente dejó de verme a mí. Pasaba los días encerrado en mi búnker sofocando los ruidos que hacía Sara por la casa con mi colección de improbabilidades históricas.

Al poco tiempo, Sara dejó de hacer ruido y yo era invisible.

4) … la Historia como síntoma histérico, ahora que lo pienso.

5) … y la mujer histérica como posibilidad cierta de figura emblemática nacional. La mujer histérica argentina como prócer. En cualquier caso, la mujer histérica como contraparte del escritor neurótico. Se preguntó si todo esto podía llegar a interesarle a la gente de la Fundación y no pudo evitar el acordarse de Charles Dickens, pobre.

6) Nada hay más aterrador para un historiador que descubrir el espanto de que todo puede ser contado de varias maneras sin por eso perder su esencia real.

7) Sara tenía la tan indiscutible como incómoda elegancia de una silla Mackintosh.

8) No me detendré en detalles sórdidos y conductas enfermizas que hoy, envuelto en una vistosa frazada escocesa, se me hacen difíciles de entender. Sólo diré que el camino que recorrimos había sido largo, con demasiadas curvas peligrosas, mal asfaltado y con pocos lugares donde detenerse a tomar un café y conversar al costado de la ruta.

9) La convivencia con Sara y con el indisimulable espanto de la historia (al fin y al cabo, nada más que un aparente orden, una suerte de «mejor que creas lo que te digo y no te mezcles en esto») se convirtieron en metafórica fórmula para volverse invisible. Invisibles eran sus días, invisibles eran sus noches y toda su atención era para la carpeta de recortes. La carpeta de

recortes funcionaba como tótem. Leía y volvía a leer. Aquí, la foto de un cartel que decía «Lugar donde se llevó a cabo el descarne de los restos del general Juan Galo Lavalle» (sombra terrible de Damasita Boedo, yo te invoco. ¿Fuiste tú acaso quien puso fin a los días del general en fuga?). Más adelante, el programa de televisión que ofrecía la sinopsis de un film de Woody Allen y donde podía leerse que *Annie Hall* era la historia de «el amor demencial de un neurótico con una chica de provincias que pretendía ser cantante».

«Todo puede ser contado de varias maneras», recordó.

Después aparecía la historia de Petemenophis bajo el título *París: hallan una momia en un altillo*. Historia que no quería volver a repasar porque le infundía un temor sacro. Pero siempre terminaba leyendo, impulsado por su propio espanto como un niño que encuentra la llave que abre la puerta de aquella habitación vedada: «París (AFP). Una momia única del año 116 de nuestra era, olvidada desde hace más de un siglo en un altillo de la gigantesca Biblioteca Nacional de París, fue redescubierta por un periodista chileno. La momia —un joven de veintiún años llamado Petemenophis— nunca fue exhibida al público, tal vez —aclara el periodista— por su total desnudez. No tiene vendas y su sexo está intacto. La momia yace recostada en una precaria caja de vidrio, en una pequeña habitación del gabinete de medallas de la mencionada biblioteca, y fue traída a París desde el templo de Tebas por el egiptólogo francés Caillaud, en 1882, y cedida a la institución tres años después».

Tembló al imaginarse de aquí a un tiempo bastante largo en la misma situación. Pensó en los ojos ciegos maquillados con carbón de Petemenophis y pensó en sí mismo, encerrado en su cuarto; «descubierto» dentro de unos cuantos siglos, sin vendas y con el sexo intacto. *Petemenophis c'est moi.* Cerró su carpeta de recortes. ¿Adónde habrá ido Sara?, pensó.

10) Le sorprendió descubrir que empezaba a pensar en sí mismo en tercera persona. Se veía desde afuera y terminó enten-

diéndolo como otro síntoma de su reciente invisibilidad. Una vez leyó en una revista que los que estuvieron clínicamente muertos por algunos minutos sienten lo mismo. No estaba mal así; de algún modo dolía menos y se preguntó si estaba yendo hacia algún lado, si estaba a mitad de camino entre un lugar y otro.

Y con la tercera persona llegaron los sueños. Se despertaba todavía escuchando el galopar anacrónico de dos gauchos en fuga. Uno de ellos no paraba de escribir mientras al segundo parecía crecerle una cruz en el hombro y hablaba y hablaba y hablaba de un lugar llamado Iowa.

11) A veces soñaba con don José de San Martín, padre de la patria, libertador de América toda, frescas ramas de laurel sobre su venerable cabeza.

Entonces abría los ojos, se trepaba a una silla hasta alcanzar el estante más alto de su placard y bajaba el sobre color madera donde se escondían todos sus papeles sanmartinianos. Papeles que habrían bastado para convertirlo en un historiador de fama mundial. Ahí estaban los cincuenta alias comprobados del prócer, la razón de sus movimientos por el Viejo Mundo y el trazado de una conjura cuyos efectos se prolongaban aún hasta nuestros días desde una isla en el mar Egeo.

Desembarcó en X una mañana calurosa. El sol incendiaba los olivares y él llegó hasta la casa y llamó a la puerta. La casa se alzaba sobre las ruinas de un viejo templo helénico y no pudo evitar el cruzar miradas con la estatua de un sátiro de sexo en alza. Pensó en Sara, en Buenos Aires, en un lugar lejano.

12) Y había abandonado su investigación (casi pierde la vida cuando un par de desconocidos que no hablaban su idioma se comunicaron efectivamente con él a través del lenguaje internacional de los puños y le dijeron «Hasta acá llegaste»). Y había vuelto y se había casado con Sara y al poco tiempo comprendió que nada iba a ser como lo había pensado. Conoció la furia depresiva de Sara y su más que particular aproximación al sexo. Sara

no paraba de hablar de su primer orgasmo. Imposible superarlo. Nunca había tenido otro después de ése y albergaba la secreta esperanza de volver a encontrarlo algún día. Pero no iba a ser sencillo. La relación de Sara con su Orgasmo Original era, de algún modo, similar a la de Moisés con la Tierra Prometida: la gracia no estaba en llegar sino en ir.

13) Se peleaban todos los días como si fueran deportistas entrenándose para las olimpíadas. No había motivos claros. Se peleaban por la necesidad de hacerlo porque, al menos, las peleas ponían cierta cuota de pasión en la insatisfacción de ella y en la invisibilidad de él.

14) Era invisible pero no había perdido sustancia física. Y así fue como se produjo su verdadero choque con la literatura: Sara lo había abofeteado en la calle y ahora se daba a la fuga. Era su pelea número 500. Él corría detrás de ella. Era necesario alcanzarla para así poder dar inicio a la pelea número 501. Y al doblar una esquina se llevó por delante a un anciano. El hombre voló por los aires aferrado a su bastón y lanzando grititos entrecortados. Cayó boca arriba y entonces descubrió que casi había matado a Jorge Luis Borges. Justicia poética, pensó entonces.

15) ¿Fue éste el momento más trascendental de mi vida? Quién sabe si este azaroso choque con la gran literatura no sería el desencadenador de futuras trascendentalidades. Pensé en todo eso mientras un testigo del incidente recriminaba mi inconsciencia con un «Pero, che, es una de las glorias de las letras argentinas, pibe». Borges, boca arriba, el bastón cruzado sobre el pecho, abriendo y cerrando la boca como uno de esos canarios que ponen en las minas de carbón para detectar la falta de oxígeno.

Me acordé de mi último encuentro con Borges, de la gracia de sus evoluciones acrobáticas, del modo en que −paradoja de paradojas– dos hombres invisibles se las habían arreglado para encontrarse. No supieron verse, entonces chocaron.

Hoy volvía a verlo en la foto de un diario. Acababa de emerger de la pelea número 918 y algo le decía que ésta era la última. MURIÓ BORGES, proclamaba el titular en contundentes mayúsculas y entonces supo que se trataba de una señal, de una guiñada de ojo ciego. Ahora o nunca, me dije. Encajé el diario doblado debajo de mi brazo izquierdo, pasé de largo frente a la puerta y decir que no volví a ver a Sara sería una exageración. Nos encontramos quince días más tarde para delimitar nuestro nuevo mapa, para partir nuestro mapa por la mitad. La guerra había terminado, los muchachos volvían al hogar y yo había iniciado el peligroso y excitante camino que me llevaba de regreso a la visibilidad.

El rostro de aquella novela terrible, piadosamente extraviada, era más o menos así y el autor no escribiría estas líneas si no fuera por un pedido expreso de R, quien se encuentra, le explica en una carta, abocado a una más que discutible –por su utilidad real– antología de libros jamás escritos. No estaría de más aclarar que, desde la fecha de esa desgracia con suerte, el firmante asumió otras páginas acaso mejores, acaso no. Lo cierto es que la muerte de *Histeria argentina* le privó de publicar la primera novela autobiográfica de rigor en el legajo de todo aquel que escribe y, lo que apareció en su lugar, terminó siendo la biografía de otra persona teniendo perfectamente claro –¿dónde leyó esto?– que el de las biografías es el más mentiroso de los géneros literarios.

El libro en cuestión se llamó *El hombre del lado de afuera*.

Fue originalmente editado en España dado que su tema (la vida de un guerrillero *bon vivant* fácilmente reconocible a pesar de ciertos detalles distractores) no permitió la publicación y mucho menos la lectura en el país donde había nacido el autor. Un librero audaz y fanático del Club Atlético Independiente se arriesgó a importar unos pocos ejemplares y por ahí aparecieron algunas críticas. No faltó aquel que comparó las irresponsabilidades del héroe con los pícaros de Donleavy. Otros, algo más solemnes, señalaron al autor como «apólogo del crimen» y «oportunista que escribe desde el más reprochable e inconsistente de los cinismos». Finalmente, no faltaron los perfeccionistas que desnudaron todas y cada una de las imposibilidades del libro («... nadie, ni siquiera una superabuela francesa, puede conseguir dos millones de dólares de un día para el otro...») olvidando que nada es imposible y que la acción, sea cual fuere ésta, siempre supera a lo que finalmente se escribe sobre ella.

De cualquier modo, al poco tiempo todo fue olvidado en nombre de temas más importantes aunque, pensándolo bien, de igual potencia literaria. Semanas más tarde tuvo lugar una guerra contra Inglaterra por la soberanía de unas islas ubicadas en el extremo menos frecuentado del planisferio. Lo que nos lleva, una vez más, a cuestionar la más que relativa —y a mi juicio siempre sobrevalorada— eficiencia y funcionalidad real de la palabra *imposible*.

LA SOBERANÍA NACIONAL

Rataplán, plan, plan;
Rataplán, plan, plan.
¡Rataplán!
¡Rataplán!
Rataplán, rataplán, plan, rataplán.

KURT VONNEGUT, JR.,
The Sirens of Titan

Ayer a la tarde vi a mi primer gurkha. Estaba sentado, de rodillas frente a un pequeño fuego que no sé cómo se mantenía encendido bajo la llovizna. Sonreía a la nada y limpiaba su daga con la misma devoción cansada con que una madre le cambia los pañales a su hijo.

Yo me había alejado de mi grupo casi sin darme cuenta. La idea era buscar un lugar tranquilo para escribir una carta que no iba a ningún lado. Escribimos muchas en estos días. Parecemos estatuas inclinadas sobre hojas de papel, ubicadas de espaldas al viento, sosteniendo lápices con el puño cerrado para que no se vuelen las letras. Escribimos nuestras cartas con la plena seguridad de que nadie va a leerlas porque, se sabe, el correo nunca fue muy eficiente que digamos. Lo que hacemos entonces es escribirlas y leérnoslas en voz alta. De este modo nos convertimos en novias y familias y amigos y se atenúa un poco la sensación de estar escribiendo en vano. El sargento Rendido nos regala una hora por día para que nos perdamos y nos encontremos en este ejercicio de dudosa utilidad.

Pero ayer tenía ganas de escribir a solas. Porque iba a escribir la carta más inútil de todas. Iba a escribir a Londres y no tenía ganas de leerla en voz alta. Mejor no. Nunca falta un loco, como el tipo ese que no para de remendar su uniforme, que va a pensar que soy un traidor o algo por el estilo por el solo hecho de escribir a Londres. Allí está mi hermano mayor. Trabaja en un restaurante y no puedo evitar preguntarme qué puede estar haciendo mi hermano en un restaurante de Londres. Misterio no tan misterioso. Supongo que la idea, como siempre, es mandarlo lejos: mi hermano mayor tiene lo que muchos entienden como *personalidad problemática*. La cuestión es que ahí está ahora. Y yo estoy acá. Y yo le estaba escribiendo cuando vi a mi primer gurkha.

Hablábamos sobre ellos todo el tiempo pero hasta ahora nadie se había cruzado con uno y, esto va a sonar idiota, lo primero en que pensé fue en pedirle un autógrafo. Pero enseguida me subió el miedo. Los gurkhas cortaban orejas o al menos eso dicen. La cuestión es que me quedé ahí, agarrándome la cabeza. El gurkha vino dando saltitos hasta donde yo estaba. Se desplazó sin desperdiciar un solo movimiento y no pude evitar sorprenderme cuando abrió la boca y me habló en un correctísimo inglés.

—¿Qué hay de nuevo, viejo? —me dijo, con la voz de Bugs Bunny.

Largué un suspiro largo mientras pensaba que, claro, entonces todo esto era una pesadilla y yo me voy a despertar en cualquier momento; porque la existencia de un gurkha que imite a Bugs Bunny era aún más imposible y ridícula que toda esta guerra junta.

Pero no. Abrí y cerré y abrí los ojos y ahí estaba la limpia sonrisa de Bugs Gurkha. Me preguntó si yo hablaba inglés y le dije que parte de mi familia era inglesa.

—¿En serio? —dijo—. La verdad que no deja de ser gracioso.

Sacó un paquete de cigarrillos y me ofreció uno. Fumamos en silencio.

—¿Y cómo anda todo por ahí? —preguntó después de unos minutos.

Le contesté que no entendía a qué se refería con *por ahí*.

—Por ahí… —Hizo un gesto vago que bien podía incluir el resto del mundo—. Ya sabes.

—Supongo que bien —contesté para no contrariarlo. Yo cargaba mi fusil al hombro y el gurkha tenía, aparentemente, nada más que una daga. Pero yo apenas había apretado alguna vez el gatillo mientras que el gurkha hablaba y hacía malabares con su cuchillo como si se tratara de una prolongación de su brazo. Dejé caer mi fusil y volví a llevarme las manos a la cabeza. Todo había terminado. Iban a tomarme prisionero. Pensé en el fanático de los Rolling Stones allá en el cuartel, en el puerto. Lástima que no esté acá, pensé.

El gurkha parpadeó varias veces como si no entendiera y al final estalló en una carcajada inesperada. Como si se riera en ideogramas pintados con témpera negra.

—No entiendes…, no entiendes —decía agarrándose el estómago.

Y, cuando intentaba explicarme, otra vez la carcajada de él y la sensación mía de estar siendo soñado por otra persona, por un desconocido.

—*Yo* soy tu prisionero —dijo por fin a la vez que me entregaba el cuchillo con la empuñadura para mi lado.

Le dije que no, que de ningún modo, que el prisionero era yo. Él seguía negando con la cabeza, moviéndola de un lado a otro con la misma intensidad de quien supo resistirse a tomar la sopa en más de un momento de su vida.

—YO–SOY–TU–PRISIONERO —repitió pronunciando con mayúsculas y golpeándose el pecho con la mano abierta.

Intenté explicarle que no le convenía. Si yo lo tomaba prisionero le podía llegar a ocurrir alguna de esas cosas espantosas que siempre me están pasando. Le dije que no era casual que yo anduviera solo por el frente de combate. Nadie quería tener nada que ver conmigo. Por eso lo mejor era que me tomara prisionero, que me entregara a sus mayores y me encerraran en una habitación hermética de alguno de los acorazados. O en el *Queen Elizabeth*. Tenían lugar de sobra. Y yo necesitaba ese lugar para poder pensar tranquilo.

Finalmente le dije que, después de todo, yo me había entregado primero. La Convención de Ginebra estaba de mi lado.

—No, amigo, el hecho de que sea gurkha no significa que tenga que ser supersticioso. Puedes guardarte todo eso para los adoradores de la diosa Khali… porque yo soy tu prisionero. Así que vamos. ¿Para qué lado queda el cuartel?

Le dije que muy bien; que no me tomara prisionero, pero que se fuera rápido porque no le convenía estar cerca de mí. Le dije que tengo una suerte espantosa y que traigo mala suerte. Pero no sirvió de nada.

—Prisionero yo soy —me explicó como si cambiando el orden de las palabras pudiera convencerme.

Entonces se inclinó para agarrar el fusil y dármelo y entonces el fusil se disparó, claro.

La verdad que los hacía más petisos a los gurquitas esos. No sé, los chinos son todos petisos, ¿no? Pero éste era casi tan alto como yo. Tal vez lo que pasa es que se estiran un poco cuando están muertos, ¿no? Lo trajeron anteayer al gurquita. Pobre flaco. Será el enemigo y todo lo que quieras pero morirse así, la verdad que te la regalo. Con el agujero de la bala justo entre los ojos. Y quién iba a decir que el mufa de Alejo tenía tanta puntería. O que era tan valiente. El asunto es que la guerra se acabó tanto para uno como para otro. El gurquita bajo tierra y Alejo en el hospital y del hospital a casita. Y de eso se trata, unos viven y otros mueren. Es sólo rocanrol pero me gusta. Parece que el gurquita se le tiró encima por detrás, venía arrastrándose como una serpiente y le clavó el cuchillo en el brazo. Se pusieron a luchar, Alejo se soltó, hizo puntería y, ¡bang!, peint it blac y a otra cosa, loco. Venir a morirse tan lejos. Y lo exhibieron por todo el cuartel como si fuera el cadáver de Brian Jones.

Y aquí estamos, en la guerra. ¿A quién se le iba a ocurrir? Yo en la guerra. Y de voluntario, además. Algunos flacos me miran como si estuviera loco. Pero yo la tengo superclara. Lo que pasa es que no puedo decirles por qué me anoté en ésta. Tengo que jugarla tipo viva la patria, alta en el cielo, tras su manto de neblina, se entiende, ¿no? Porque si Rendido se entera, el bardo que se arma va a ser groso. Rendido es el sargento Rendido. Pobre gordo, milico y con ese nombre.

Rendido es el que está más o menos a cargo de nosotros. Digo más o menos porque la verdad que acá nadie tiene la más puta idea de lo que está pasando. Hay días en que parecen todos fumados y ¡qué lo parió, cómo extraño el fumo! I can get nou —tananán—, I can get nou —tananán—, satisfacshon, nou satisfacshon…

Extraño al fumo casi casi tanto como a Susana. Si no fuera porque la última noche Susana se entregó, extrañaría más al fumo. Pero la verdad que se portó, la colorada. Y todo el rollo de que era virgen y que por eso no quería. La verdad que, después del inicio de las hostilidades, como dicen acá, se me hace bastante dudoso eso. Pero no importa. Ahora la tengo bajo mi pulgar.

Cuando reciba mi primera carta desde Londres se va a volver loca. Porque éste es el plan: apenas salgamos a patrullar y la cosa se ponga densa, yo me voy para un costado, me hago el herido y me entrego. Así de corta, loco. Se los digo en inglés. Meic lov not uar y ya pueden irme arreando. Porque la idea es que me lleven prisionero a Londres, esperar que se acabe el tema este de la uar y entonces sí, pase para concierto de los Rolling y la gloria, man. ¿Cómo no iba a aprovechar ésta? ¿Cómo los iba a ver a Mic y a Keit si no era así? Y te juro que después de los bises yo me mando para el fondo y hasta no hablar con Keit no paro. De repente hasta me tiran un laburo y todo. Yo con la electricidad me defiendo. De mirarlo a mi viejo. ¿Te imaginas?, plomo de los Estóns. Por eso me mandé de frente mar y derecho a la hermanita perdida. Bien cul, man. Te cagás de frío, pero no es para tanto. Y Rendido te hace bailar mucho menos que cualquiera de los pesados que me tocaron en la colimba el año pasado.

Ahí se lo llevan al gurca. Voy a ver si me puedo sacar una foto con el fiambre y se la mando a Susana.

Misiu, beibi.

No siempre podés conseguir lo que querés; no siempre podés conseguir lo que querés; no, no siempre podés conseguir lo que querés… pero si tratás con todo, podés llegar a descubrir que conseguís lo que necesitás.

Para cuando los descubran a esos dos hijos de puta, yo ya voy a ser famoso. Yo ya voy a ser un héroe. Por eso estoy tranquilo; casi no pienso en el tema. No hay mucho tiempo para pensar tampoco. Estamos aquí reclamando lo que es nuestro por derecho legítimo y de aquí no nos van a sacar.

Nuestra bandera jamás ha sido atada al carro del enemigo. Y nosotros somos los hijos de nuestros próceres. No debemos defraudarlos.

El problema es que no todos piensan como yo. El problema es el material humano. Muchos de los oficiales pensaron que todo esto iba a ser fácil, pensaron que no iban a mandar la flota.

Error.

Un auténtico guerrero siempre debe pensar que va a perder. Analizar las causas de su hipotética derrota y, después, ir neutralizándolas una por una, como quien apaga velas con la punta de los dedos. Sin quemarse.

Pero hablo por mí; desgraciadamente no puedo hablar por los otros. Y los otros son casi todos. Ahí están jugando al fútbol en la lluvia. Se caen al barro, chocan entre ellos, sucios como cerdos, con el uniforme a la miseria. Para ellos el uniforme no es importante. Y hasta se ríen de mí. Se ríen de cómo cuido mi uniforme, de cómo repongo los botones y remiendo los agujeros. El uniforme es la piel del soldado. No pueden entender eso. No tienen conciencia del heroísmo.

Y yo voy a ser un héroe. Cuando los encuentren yo ya voy a ser famoso y quién va a pensar en eso después de todo lo que yo hice por la patria querida, por la madre patria. Me pregunto si los habrán encontrado; pero no tanto como antes. Cada día que pasa pienso menos en ellos y más en mí.

Y está bien que así sea. Porque se aproxima el día de la Gran Batalla. Ayer volví a soñar con el día de la Gran Batalla.

En realidad, al principio estaba soñando con ellos. Los vi abrazados sobre ese colchón mugriento, después los disparos se fundieron con los disparos de la Gran Batalla y me vi corriendo por la nieve. El brazo en alto llevando a mi pelotón hacia la victoria definitiva. Esa victoria de donde se regresa diferente. Porque en la acción de vencer radica la diferencia entre dioses y mortales.

Me vi como un dios. Con un uniforme digno de un dios.

Todas mis balas encontraban su blanco y la muerte del enemigo era algo hermoso para ellos porque no era su muerte, porque su muerte pasaba a ser parte de mi vida y de mi gloria. Yo los miraba caer y los sentía morir, orgulloso como un padre porque todos ellos habían nacido para que yo los matara. Habían nacido tan lejos y habían llegado hasta el fin del mundo para que, en el último acto de sus existencias, yo les regalara el verdadero sentido de sus vidas.

Me desperté excitado y me masturbé pensando en si ya los habrán encontrado. Hijos de puta. Ni tiempo de vestirse tuvieron. Cerré la puerta de ese departamentito de mierda y de ahí al cuartel y del cuartel a los aviones. Me dio lástima tirar el revólver. Era de mi abuelo.

La lluvia golpea contra los costados de las bolsas de arena. El pozo se está llenando de agua. Desperté a varios pero no me hicieron caso. Siguen durmiendo, mojados, como esos pescados pudriéndose en el barro. Fui a avisarle al sargento Rendido. Me dijo que no le hinchara las pelotas, que mañana lo arreglamos, que me vaya a dormir.

Estoy fuera de la cueva, cubriéndome con el capote, los ojos cerrados. Quería volver a meterme en mi sueño de la Gran Batalla.

Sueño con la Gran Batalla desde que tengo memoria, desde los cinco años más o menos. Antes soñaba con una Gran Batalla diferente. Con otros uniformes. Como en las series de televisión y en las películas. Mis compañeros tenían nombres extranjeros y la verdad que eso me molestaba un poco, por más que fueran mejores soldados que los de acá. Pero pienso que el cambio me conviene. Soy el mejor; ayer nos pasó revista un coronel y me puso como ejemplo. Mi uniforme está impecable. Está mejor que cuando me lo dieron.

Tengo aguja e hilo.

Tengo la mejor puntería de todo el pelotón.

Ayer rompí todas las botellas.

Diez botellas.

Diez balas.

No hay que desperdiciar munición.

Como con esos dos. A esta altura me imagino que deben de estar apestando todo el edificio. No, seguro que ya los encontraron. Pero no me van a relacionar con todo eso. Ni siquiera van a pensar en mí. Fui muy cuidadoso, además. Todo limpio y brillante. Sin sangre.

Igual que mi uniforme para la Gran Batalla.

Vuelvo a soñar con la Gran Batalla pero no es lo mismo. Esta Gran Batalla tiene defectos. Estoy dormido pero enseguida me doy cuenta de que es un sueño. Hay errores. Aparece el tipo ese que mató al gurkha y también el otro. El que no paraba de hablar de los Rolling Stones, el que Rendido mandó a estaquear porque lo agarraron robando chocolate. Estuvo toda la noche cantando a los gritos. En inglés. Cuando lo desatamos a la mañana siguiente no reconocía a nadie, le temblaban los dientes y no paraba de decirme Keith. Tenía los pies violeta. Dicen que se los tuvieron que amputar. A mí no me consta. De todas maneras así se castigaba a los ladrones antes. No lo volvimos a ver. Por eso esta versión de la Gran Batalla me irritaba un poco: el ladrón corría a mi lado y no paraba de cantar en inglés. Yo le gritaba para que se calle y, de golpe, les estaba diciendo a Inés y a Pedro que se callaran, que no les iba a servir de nada pedirme perdón.

Perdón, decía Inés, la muy puta, desnuda.

Tranquilo…, me sonreía Pedro. Tardó un rato en darse cuenta de que con el tranquilo y la sonrisita no le iba a alcanzar. Entonces trató de explicarme. Me dijo que había sido ella la que llamó para contarle que me mandaban a la guerra y que estaba mal y que por qué no pasaba a tomarse un café. Te juro que la idea fue de ella, me dijo.

Inés empezó a putearlo como una loca. Y yo ahí sentado, con el revólver en la mano, moviendo la cabeza de arriba abajo y de derecha a izquierda, frotándola contra la pared. Me encanta hacer eso. Tengo el pelo corto y parado. La sensación es agradable y ellos que gritan y gritan y se echan la culpa el uno al otro.

Entonces Rendido me despierta de una patada. Camina con dificultad. Le cuesta mantener el equilibrio y me mira como se mira a alguien importante, a la historia misma.

Estamos ganando, me dice Rendido.

La venganza es mía, dijo el Señor.

EL LADO DE AFUERA

Juventud: ¡Ah, qué hermosa es la juventud! Citar siempre los versos italianos, incluso sin entenderlos: *O Primavera! Gioventù dell'anno! O Gioventù! Primavera della vita!*

Providencia: ¿Qué sería de nosotros sin ella?

GUSTAVE FLAUBERT,
Dictionnaire des idées reçues

Todos los horóscopos insistían en que 1977 sería un mal año para mí. Pero no me importaba demasiado. Llegué a París solo y acompañado por un insistente olor a langostinos en mi pelo, en mi ropa y en mi alma que ahora se regocijaba entrando en la ciudad, recuperando tierra firme, después de tantos días en la bodega de un barco mercante.

El avión quedó descartado desde el primer momento por cuestiones obvias. Los jumbos del mundo, las azafatas de piernas aéreas y corazón liviano me estaban prohibidas como el cigarrillo a un enfermo terminal de cáncer. Yo, Lucas Chevieux, joven argentino de ascendencia francesa, asesino de masas, mejor conocido como *el hombre del lado de afuera*, no podía volar, no era lo mejor para una persona en mi delicada situación.

¿Quién es *el hombre del lado de afuera*? Buena pregunta. De algún modo, este particular seudónimo se remontaba a varios años atrás, a casi una década de mi entrada en las filas de los gloriosos Montoneros. El culpable, si existe un *culpable* en todo esto, fue mi abuelo Baptiste Chevieux, nacido en Orly, desertor de la Primera Guerra (la *Grand Guerre,* como le decían entonces quizás para ponerle límites, para prohibirse pensar en la sola existencia de una segunda *Grand Guerre)* y fundador en Argentina de los astilleros La Francesa. Muchos hombres cercanos a mi abuelo creyeron ver en este nombre una suerte de homenaje a la patria renunciada. *Mais non.* Error. La Francesa era en realidad la puta más hermosa de un burdel para hombres prominentes, ubicado en las fronteras de lo que hoy es la parte más violenta de San Telmo. Mi abuelo se casó con ella. La Francesa es mi abuela y es a ella a quien voy a ver hoy, habiendo desaparecido en combate para algunos y siendo perseguido por la justicia de varios países para otros, da igual, la cosa no está fácil.

Así que ahora me acercaba a esa ciudad adentro de una ciudad que es la Avenue Foch manoseando mi castigado ejemplar de *Los siete pilares de la sabiduría,* subtitulado *Un triunfo,* T. E. Lawrence, Livres de Poche, mi libro de cabecera, y la historia es así: el libro me lo regaló mi abuelo cuando cumplí diez años. No es sino una versión para niños, claro. Basada en la película con Peter O'Toole más que en otra cosa. Pero, a pesar de esto, el ejemplo de Lawrence resistía a las simplificaciones y a las ingenuas ilustraciones siempre en página impar con que los editores habían insistido en flagelar a tan sublime emergente del espíritu humano.

T. E. Lawrence es, en mi modesto entender, el hombre del lado de afuera paradigmático. El lado de afuera es ese lugar impreciso donde sólo hay espacio para un hombre. No es un bando ni es otro, no es esta ideología ni es aquélla. Es, sencillamente, el lado de afuera. Y la elección del lado de afuera es la elección de la más eufórica de las soledades. Uno está solo pero bien acompañado por uno mismo y, de improviso, todos los nudos pueden desenredarse y todas las cerraduras ceden ante el impulso incontenible de aventureros individuales enarbolando banderas privadas. Como mi abuelo Baptiste. Como el Corto Maltés. Como yo, Lucas Chevieux, jefe del Comando General Cabrera, que ahora se encuentra, teóricamente, operando en la más secreta de las misiones, en París, Francia. El jefe indiscutido del Comando General Cabrera, el hombre del lado de afuera, el hombre más buscado de su país, sube ahora las escaleras que conducen hasta el piso donde vive La Francesa. Lucas Chevieux examina el terreno con ojo experto y, con movimientos rápidos y estudiados, se apresta para pedir prestado dos millones de dólares a su *p'tite grand-mère.*

Y hay veces en que el mundo resulta mucho más fácil de ser asimilado, cuando contemplamos nuestra vida en tercera persona. Desde arriba, desde el *más afuera* de los lados posibles.

¿Cómo negar la calma sobrenatural que producen esas fotos frías y azules de la Tierra tomadas desde la Luna? Si enfrentamos una situación en particular con la mirada descansada de quien se pasea por un museo antes de que llegue el primer contingente de orientales con sus cámaras y sus flashes, es seguro que nuestras decisiones posteriores serán acertadas más allá de la ocasional e inevitable injusticia hacia segundos y terceros, peones en una partida de ajedrez, piezas importantes pero prescindibles a la hora de la jugada definitoria.

Así es como Lucas Chevieux, argentino, exceptuado del servicio militar obligatorio por asma, contempla ahora los cuerpos aún tibios de Henri y Suzanne Faberau. Una perfecta parejita de francesitos recién casados. Pero, ah, es bien sabido que las apariencias engañan.

Estos dos lo levantaron a un costado del camino, media hora después de escaparles a los *douaniers* de Le Havre escondido en un container de langostinos importados de Mar del Plata, Argentina.

Suzanne le preguntó cuál era su ocupación y Lucas le contestó en un francés perfecto y cerrado, casi con la misma voz del abuelo Baptiste.

—Primer oficial de un barco mercante. —Así respondió Lucas.

El navío pertenecía a la flota del abuelo Baptiste (R.I.P.) y ese barco, por más que su nombre fuera *S. S. Sigfride,* se había insinuado en punto de fuga más plausible cuando las cosas se pusieron difíciles y se acabó el dinero y ya nada parecía tan, ah, tan divertido.

Suzanne asintió con un apropiado movimiento de su cabecita rubia. Henri no hizo ningún comentario, lo que Lucas agradeció cerrando los ojos y disponiéndose a dormir en el asiento de atrás. Pero enseguida Henri hizo algo mucho peor que hablar: introdujo una cinta en el estéreo del auto; «La Vie en Rose», en versión de Grace Jones. Lucas se acordó de la noche en que había conocido a Laura en una boîte de la Recoleta y dejó escapar un terceto de palabras entre dientes.

—La remil puta... —dijo cansado.

—... que te guemil paguió —completó Henri, satisfecho con su incorrecta pronunciación porteña.

—Bueno —dijo Lucas mirando el campo francés por la ventanilla—. ¿Qué hay?

Henri y Suzanne Faberau eran los contactos de su Comando en el exterior, los porteros de la Europa en decadencia y todo eso. Lucas no los conocía del todo bien. En realidad no los había visto nunca. El ascenso de Lucas en el escalafón había sido poco menos que vertiginoso después de la bomba en el aeropuerto y de la muerte de Martín, el comandante anterior, un kamikaze con la cara llena de granos. Quizá por eso, estos dos francesitos que alguna vez se habían hecho pasar por estudiantes de psicología en la Facultad de Buenos Aires (dos rubiecitos ensamblados en el exterior que enseguida aprendieron a combinar a Freud con el Che Guevara, etc.) ahora miraban a Lucas con ojos entre curiosos y desconfiados, la mano de Henri medio escondida y acunando un revólver en el sobaco izquierdo, por las dudas, nunca se sabe. El momento de tensión duró poco. Lucas abrió su bolso marinero y sacó un tarro de dulce de leche Chimbote, cartón encerado argentino, lo abrió con una navaja suiza y hundió los dedos en él con entusiasmo etíope.

—Acá está —dijo Lucas mostrando la llave de una caja de seguridad de un Banco de Ginebra.

El problema era que esa caja de seguridad estaba vacía y nadie, salvo Lucas, lo sabía.

—¿Cuánto hay? —preguntó Henri.

Le sacó la llave a Lucas y empezó a lamer el dulce de leche con el convencimiento de que estaba lamiendo dos millones de dólares, armas para el movimiento y Machu Picchu para los neoincas del año 2000. Fabricación en serie, pensó Lucas.

Y se entretuvo unos segundos leyendo las vidas de estos dos como quien lee un libro previsible, un libro que no es *Los siete pilares de la sabiduría;* apostando sobre seguro cien contra uno a que Henri y Suzanne habían estado en Machu Picchu en el 73 (allí habrían probado por primera vez el LSD; habían hecho el amor en las ruinas y, seguro, juraban haber visto aterrizar un ovni a pocos centímetros de sus respectivas bolsas de dormir mientras Pink Floyd descubría el lado oscuro de la luna en el grabador portátil). El *Pequeño hippie europeo ilustrado* de la A a la Z, todos y cada uno de los capítulos aprendidos de memoria. Claro que, un año más tarde, Henri y Suzanne empezaban a entusiasmarse con el *Pequeño guerrillero europeo ilustrado.* Bombas y secuestros en lugar de extraterrestres y orgasmos cósmicos. El problema, pensaba Lucas Chevieux, es que nadie se preocupa por leer las notas al pie, los apéndices, las cláusulas en letra chica.

–Dos millones de dólares –mintió Lucas y encendió un cigarrillo francés.

Lucas no fumaba y se atragantó con el humo. Empezó a toser, Henri le daba palmadas en la espalda para ayudarlo, Suzanne se hacía cargo del volante y, un par de minutos más tarde (Lucas frenó y apagó el motor), Henri y Suzanne miraban sin ver el cielo que alguna vez había conmovido a más de un impresionista.

Y, es cierto, todo este momento suena bastante improbable: el forcejeo, el abalanzarse sobre el volante para recuperar el control del automóvil. James Bond. Pero es bueno que así sea. En tercera persona, además. Existe cierto consuelo cuando se falsea el espanto. De este modo, las historias más terribles de la vida real ingresan en la categoría de historietas a las que les faltan los cuadritos definitivos y se ven beneficiadas por la incredulidad, ese viejo y siempre bien aceptado mecanismo de defensa. Un auténtico artista de lo terrible, por supuesto, es aquel que no se priva de nada durante la acción pero que sabe dosificar con elegancia lo intolerable a la hora de hacer memoria, refugiándose quizás en el siempre lícito *(continuará…)*. Qué sentido tiene entonces recordar que, en realidad, hice que detuvieran el Renault con alguna excusa y que ahí nomás una bala aquí, otra bala allá, *let the sunshine in,* y denle mis saludos a Siddartha y a Jesús, al arroz integral, a la chica desnuda de Woodstock, a Juan Salvador Gaviota, al pachuli y al disco ese con las ballenas cantando, a los pósters de Peter Max, a todos los pósters.

Impresionante, pensó de cualquier modo un Lucas emocionado en tercera persona mientras escondía los cadáveres en un bosquecito cercano a la ruta. Después consultó un mapa de caminos que había en la guantera y se enjugó las lágrimas. A Lucas Chevieux, el hombre del lado de afuera, a veces le conmovía su propia eficiencia. Bajó el vidrio del Renault y tiró a Grace Jones por la ventana. Buscó en el bolsillo izquierdo de su camisa y encontró a Glenn Gould tocando las *Goldberg-Variationen*. Música para insomnes. Hacía tiempo que Lucas Chevieux no dormía bien. Paró en un pueblo, compró una *baguette,* la cortó a lo largo y la untó con dulce de leche Chimbote, su marca preferida. Oh, birome, colectivo, dulce de leche, grandes inventos de la patria mía.

Tenía hambre y mordió con todos los dientes, el viento borrándole el tufo a langostino, pensando en qué carajo le iba a decir a La Francesa, una prostituta que, por más que nadie en la familia le creyera, una vez había ido a tomar el té al Jockey Club con un gordito de nombre Carlos Gardel, hacía tanto tiempo.

—*Langoustines* —dijo La Francesa mientras me servía una taza de té como si la última vez que nos vimos hubiese sido ayer y no diecisiete años atrás, 14 de julio de 1960, el día en que mi abuelo Baptiste Chevieux me regaló un libro que contaba la vida de un soldado, escritor y arqueólogo nacido cerca de fines de siglo en no me acuerdo bien dónde. *Atten-*

tion! No recuerdo el lugar de nacimiento de Lawrence, averiguar esto lo más rápido posible.

Hace diecisiete años que no veo a La Francesa pero el tiempo transcurrido no importa demasiado. Ella es *une femme au-dehors;* y nos miramos desde afuera con la satisfacción cauta de dos viejos camaradas que se encuentran casi por casualidad en el fragor de la batalla o en la tregua de una botella.

—Veo, mejor dicho, huelo que viniste en barco —me dice en español.

—Ya sabés que los aeropuertos nunca me gustaron —le contesto.

—Sí, ya sé. Leí sobre tu disgusto por los aeropuertos en el diario. Veinticinco muertos por una bomba... ¿la pusiste vos personalmente?

—Digamos que no.

—Pero fuiste..., ¿cómo se dice? Autor intelectual...

—Digamos que sí.

—Un poco excesivo para mi gusto. Pero tengo que admitir que, si lo que te interesaba era llamar la atención, tuviste bastante éxito. Hasta vinieron a interrogarme a mí, una pobre viuda que no sabe nada de nada. Les dije que hacía diecisiete años que no te veía, desde que se pelearon tu abuelo y tu padre. Eran *flics* del montón, no te preocupes. Me dijeron que eran de INTERPOL pero estoy segura que INTERPOL *tiene* que ser más sofisticada que los dos con que hablé.

—No pasó nada, ¿no? No tuviste que mentirle a nadie.

—Mmmmmmm...

—Mmmmmmm, ¿qué?

La Francesa me estaba poniendo nervioso. La Francesa era una de las dos únicas personas en el mundo que me podían poner nervioso. La otra era Laura. Claro que a Laura nunca tuve que convencerla de que me prestara dos millones de dólares, a Laura nunca iba a tener que convencerla de nada más, como se verá más adelante. Así, el hombre del lado de afuera esgrime su mejor sonrisa de nieto único y se concentra en el rostro de su abuela quien, por una de esas cosas, supo ser experta meretriz y mujer de confianza de un puñado de hombres que forjaron y fundieron al Granero del Mundo, léase *Argentina.*

Ahora, en 1977, la piel de La Francesa es tan transparente que se hace posible descubrir la calavera debajo de los párpados, de los labios, del pelo que sigue siendo negro más allá de camas, traiciones y secretos confesados entre gemidos horizontales y posiciones amatorias recién importadas de las Galias. «Hablame en francés», le pedían sus clientes a La Francesa. Y La Francesa preguntaba en francés. Preguntas perfectas, las preguntas que había que preguntar. Así, La Francesa terminó sabiendo más de la Argentina que la mujer esa con el gorro frigio parada en la punta de la Pirámide de Mayo.

Entonces entra en esta historia Baptiste. Baptiste Chevieux, alguien que desde un principio tuvo claro que no había ningún futuro en el barro de las trincheras de Verdún. Adiós entonces y a cruzar el Atlántico. Baptiste aparece una noche cualquiera por San Telmo. Bien vestido, sonrisa perfectamente peinada. Cien por ciento francés cuando ser francés hacía la diferencia. Tal para cual, equipo perfecto y además está todo eso del amor; «porque nos enamoramos de golpe, persiguiéndonos y ladrándonos uno al otro *comme deux chiens*», me decía mi abuelo Baptiste, hombre del lado de afuera que enseguida se coló al lado de adentro sin perder su condición de testigo desapasionado que se codea y se aprovecha de los elegidos públicos. Hay una foto en el departamento de la Avenue Foch, recién la descubro ahora, colgada en un marco justo encima de la cabeza de mi abuela. La Francesa sigue diciendo «Mmmmmmm...». Sonido terrible de abuela. Veo entonces la foto: Baptiste Chevieux y La Francesa entrando del brazo al Jockey Club y, era cierto nomás, Carlos Gardel casi en un segundo plano, por esas cosas de la vida, ¿eh? Imposible evitar demorarse en su sonrisa de mármol confundiéndose con los mármoles de la entrada. Al año de revelada esta foto nació

Daniel, mi padre, y la racha se cortó porque ¿cómo explicar que de la unión de semejante pareja naciera alguien tan normal como mi padre? «Perversión de los cromosomas», argumentaba mi abuelo para explicar el aire apocado y previsor de Daniel, hijo único y aburrido, mejor promedio general en la Facultad de Derecho, casado con su primera novia, Adela, aburrida esposa modelo y madre ejemplar de quien los diarios de mi país insisten en llamar *el monstruo francés,* olvidando que soy argentino hasta la muerte y que tengo, puedo probarlo, la colección completa de los muñequitos que vienen en los chocolatines Jack. Pero ahora mi abuela me dijo algo y yo no la escuché. Mala educación. Así no se trata a una abuela.

–Perdón, no escuché lo que dijiste –le digo.

–General Cabrera... Pero qué nombre *tan* horrible –dice La Francesa.

Y entonces empezamos a reírnos. No sé si empieza ella o yo. Pero terminamos riéndonos los dos a carcajadas, en un piso de la Avenue Foch, este mayo francés del año 1977.

Varias horas más tarde subido a un banquito (el hombre del lado de afuera no es muy alto), en la biblioteca de La Francesa, tomo 14 de una injustificable enciclopedia llamada *Collier's:* «Thomas Edward Lawrence, comúnmente conocido como Lawrence de Arabia, nació en Tremadoc, Gales del Norte, el 16 de agosto de 1888». Llegado a este punto dejo de leer por factores perfectamente atendibles:

a) leo *Tremadoc* y ya sé todo lo que viene después, de memoria, como si fuera mi propia vida;

b) cuando leo mucho me vienen ataques de asma;

c) no sé inglés. En realidad soy bastante bestia para todos los idiomas menos el francés, que parece haber venido incluido, junto con mi apellido, en el mismo paquete. Me pregunto para qué carajo querrá mi abuela una *Collier's.* ¿Por qué no tendrá un *Dictionnaire Robert* como cualquier persona sensata?

Todo el mundo sabe que el *Dictionnaire Robert* es superior, es francés.

La Francesa se fue a dormir y yo dejo de leer y me dedico a recordar en la penumbra de la noche francesa, la mejor hora y el mejor lugar para dedicarse a los recuerdos en la Ciudad Luz. Descubro, apenas sorprendido, que no extraño a Laura, que Laura ya es un recuerdo que puedo evocar sin temor de quebrarme. Sin temor de que el hombre del lado de afuera pierda el sentido de la orientación y, sorpresa, al final resulta que el hombre del lado de afuera estaba adentro, expuesto, vulnerable por no decir enamorado. Lo cual es peligroso.

Pienso entonces en Lawrence: vestido de blanco y entrando en Akaba, a las orillas del Mar Rojo. Lawrence escribiendo bajo el difuso haz de luz de una lámpara de querosén; sombras árabes contra las paredes de una tienda de lona que cruje de frío después del calor. Lawrence, ángel exterminador, masacrando a los turcos en Deraa, impotente y poderoso como el viento del desierto. La orden impartida por su boca agrietada de sol es que no quede nadie vivo. Lawrence pluma en mano, años más tarde, poniéndolo por escrito: «... fue por mi orden expresa que, por primera vez en la guerra, no se tomaran prisioneros.» Lawrence haciéndose llamar Ross para poder ingresar en la Royal Air Force. Lawrence haciéndose llamar Shaw para poder ingresar en el Royal Tank Corps como soldado raso. Lawrence haciéndose llamar Peter O'Toole para poder filmar la película de su vida. Y el hombre del lado de afuera se pregunta quién será el elegido para filmar su biografía cualquier día de éstos.

Pienso ahora en Laura: bailando con Laura en Snob, cerca del cementerio de la Recoleta. Ahí, a pocos metros de donde estamos bailando, descansan los antepasados de Laura. Mausoleo de privilegio con vista a la nada. Che, momias, hagan lugar para la niña que está por llegar. Después Laura en Punta del Este. La sonrisa de Laura en Punta del Este. Laura seducida y Laura que se la cree. Laura intentando convencerse de que es tan mujer del lado de afuera como La Francesa. Laura disparando a quemarropa sobre su propio abuelo después de que cobramos el rescate aunque ahora ya no se llama Laura. Tiene *nom de guerre* y todo. Ahora Laura se enoja cuando le digo, escondidos en un arsenal del Tigre escuchando discos viejos de La Roca, que no hay peor fanático que el converso. De este modo –quizá para probarme algo– Laura se zambulle en la pileta de la revolución y se pasa de revoluciones. Y el hombre del lado de afuera –sutil, medido, elegante– empieza a preocuparse un poco. Lo de la bomba en el aeropuerto, señores del jurado, fue idea de Laura en realidad. Pero, claro, no se puede culpar a una muerta.

Así, en el momento exacto en que el hombre del lado de afuera vuelve a su lugar el tomo 14 de la vulgar e imperialista enciclopedia *Collier's* (otra vez los beneficios terapéuticos de la tercera persona narradora), Laura, romántica y grandilocuente hasta el final, escupe una última puteada con esa especie de placer contenido, privilegio de aquellos que nunca dijeron demasiadas malas palabras en su vida porque eso no se hace, no está bien visto. Y ahí va Laura, campeona de natación 1973 del Ateneo de la Juventud, ahí se zambulle de cabeza. La tiran desde un avión al Río de la Plata, con las manos atadas a la espalda y metámosle, Cable Pelado, que todavía nos faltan cuatro zurditos más y estaba fuerte la puta esa, eh.

Lucas Chevieux piensa en sí mismo en un piso de la Avenue Foch creyendo adivinar los ronquidos de La Francesa, célebre cortesana retirada que, tiempo atrás, no se permitía dormir después del acto junto al cliente por la imponencia de sus ronquidos franceses. Lucas Chevieux piensa: la grandeza de la individualidad, el espíritu de lo privado exige tanto de sacrificios propios como de sacrificios ajenos. Por lo general, los sacrificios propios son insignificantes y los ajenos son más importantes. Laura, sépanlo, se sacrificó en nombre de la leyenda del hombre del lado de afuera. Y gracias a Laura –por más que Laura no lo sepa– ahora continúa la gesta en París y mañana el mundo todo y los siete mares.

A Lucas Chevieux nunca le gustó el mar. A los padres de Lucas Chevieux, sí. Por eso el pequeño Lucas, crucero por el Caribe durante el verano del 59, vomitó todos y cada uno de los finos platillos preparados por el chef del *Carla C.* A partir de ese instante, el *petit* Lucas, Luquitas, el niño del lado de afuera, juró nunca más pisar algo que flote. Promesa cumplida hasta este viaje a París, claro. Molesto y malhumorado, Lucas Chevieux prepara su equipaje y le dice a Laura que se encuentre con él en la esquina de Viamonte y Leandro Alem, que está todo arreglado, no te preocupés, Laurita. Enseguida, un llamado anónimo a un cronista que trabaja en la oficina de ceremonial de la Policía Federal y te juro, Laura, que no lo hubiera hecho de no ser imprescindible. Maniobra clásica. Está en *Los siete pilares de la sabiduría;* se crea una pantalla, una distracción, y entonces se ataca. Se ataca por la espalda, por tierra, porque no se pueden girar los cañones que apuntan hacia el Mar Rojo. O en el peor de los casos se huye, ¿entendés, Laura? Seguro que entendés; vos que decías que los hombres no importaban, lo que importaba era la causa. Las Grandes Causas. Así, con mayúsculas, como si se tratara de mi nombre y mi apellido. A lo grande.

«Odio los viajes y las exploraciones…», más o menos con estas palabras empieza *Los siete pilares de la sabiduría* y Lucas Chevieux, el hombre del lado de afuera, vomita a lo grande entre Buenos Aires y Le Havre con escalas en Río, Caracas, alguna ciudad africana donde subieron dos soberbias cebras y un apestado que insistía en que Dios le hablaba desde una taza de café. Y entonces Lucas Chevieux termina de entender a Thomas Edward Lawrence, *Ya Aurans,* y a la mística de este hombre externo, a todo y a todos. Ajeno casi hasta a la mismísima historia que lo contiene a duras penas, ensayando definiciones contradictorias de un solo hombre como si se tratara de varios.

Afuera, en la tormenta, los marineros barruntan canciones saladas con incoherente entusiasmo. Lucas Chevieux comprende. Todo se trata de entusiasmo. Entusiasmo es una palabra griega que significa «rozado por el ala de Dios», creo. El entusiasmo es eso. Un roce, un instante. De ahí el cambio de ejército, de bandos, de sentimientos. Hoy estamos, mañana quién sabe y ahí se abre el océano como esclarecedor Nefud privado después de todo. Lucas Chevieux, *el monstruo francés,* adivina las primeras luces de Le Havre y se siente protagonista principal, estrella indiscutida de un plan que nadie trazó de antemano porque nada está escrito y cada hombre es dueño de su propio destino. Por más que los fervorosos fanáticos del Comando General Cabrera prediquen un destino colectivo y juren y vuelvan a jurar que Chevieux no se borró, que lo agarraron en el puerto junto a su compañera Laura, cuando se disponían a viajar ambos en busca de fondos para la revolución y que seguirán luchando en su nombre y bla bla bla. La desaparición de Henri y Suzanne Faberau va a complicar un poco las cosas, claro. Cuando se enteren en mi Buenos Aires querido no va a faltar el iluminado que sume dos más dos y dé cuatro. Tres muertos y uno vivo, el muy hijo de puta nos cagó. Pero Lucas Chevieux todavía tiene tiempo, lleva una buena ventaja y hay tanta gente que no sabe sumar.

A la mañana siguiente se despierta de excelente humor en el piso de la Avenue Foch. Junto a la cama hay una fuente con *croissants,* medio tarro de dulce de leche Chimbote, una jarra con café caliente, una nota de La Francesa diciéndole que salió de compras y una valija grande de color marrón oscuro imitación cuero. No necesita abrirla para saber lo que hay adentro. Cómo te quiero, abuelita. Sólo La Francesa es capaz de conseguir dos millones de dólares, en billetes de cien, en menos de veinticuatro horas, en París, en Francia, en 1977. Entonces oye las voces. Cantos gregorianos. Súplicas, en realidad. El estruendo de todas las Grandes Causas que lo reclaman. Hay tantas Grandes Causas por donde moverse respetando sólo los movimientos del hombre del lado de afuera. Sí, Lucas Chevieux volverá a entrar en acción, alternará con vencedores y vencidos sin pertenecer a nadie salvo a sí mismo. Así, sin detenerse hasta alcanzar las páginas del *Robert* y —¿por qué no?— las páginas de la *Collier's*. Piensa en Fayud bebiendo un té verde en Afganistán; en Judith escudándose en una esquina santa del Líbano; en Sun City, en las mujeres rubias de Sun City; en las definitivas mulatas de La Habana.

Y bebo un *croissant,* y muerdo un café y empiezo a pensar en todo todo todo lo que voy a hacer con todo ese dinero y en cómo andarán las cosas en pobre mi patria querida, cuántos disgustos le daba.

—

EL ASALTO A LAS INSTITUCIONES

Un fulgor de una evidente cabellera argentina.

FRANCIS SCOTT FITZGERALD,
The Notebooks

... y todo parecería indicar que durante este verano va a ser la cosa, el gran acontecimiento que toda la ciudadanía espera, ja. Al menos no me puedo quejar, el tiempo y la suerte parecen estar de mi lado: el comienzo de las clases se sigue postergando y te juro que la veo a Nina y no puedo pensar en nada más que en eso. Me quedo como un idiota y ahí nomás aparece mi viejo con eso de la edad del pavo. La verdad que los primeros días fueron una mierda, no paraba de llover. Pero desde hace una semana hay un sol bárbaro y nos pasamos todo el día en la playa. Lo que complicó un poco las cosas, porque ahora, además del suplicio de estar todo el tiempo con Nina pensando *se lo digo,* Nina está todo el tiempo en traje de baño. Rojo. No sabés lo que es, si la vieras te morís. Bueno, por lo menos yo me muero todos los días y si el clima sigue así te juro que tu buen amigo Martín se va a quedar sin su mano izquierda, no sé si me entendés. Pensar que hace dos o tres años no me la podía sacar de encima. Parece mentira, ahora tiene catorce y yo le ando detrás como un perro idiota. Y eso que ya tengo dieciséis; qué sé yo, a veces pienso que ya tendría que estar para otra cosa. ¿Se dará cuenta ella? Espero que no. Te imagino leyendo esto y seguro que te estás riendo como un loco pero, claro, vos ya debutaste y yo no; así cualquiera se ríe. Pero vos fuiste con una puta y yo en cambio me voy a jugar con Nina, vamos a ver qué pasa, si es que pasa algo. Cambiando de tema, te comunico que en una librería de Gesell conseguí el tan ansiado *Los dos tigres* de Emilio Salgari, lo que me plantea otro problema porque yo ya voy por la mitad de *Martin Eden* y consideraba mi etapa

Sandokán como definitivamente superada. Ahora que lo pienso, la verdad que ésta es una edad de mierda. Para peor, me da la impresión de que para las minas no es tan terrible. Nina, por ejemplo, no sé si te hablé de ella (ja-ja-ja), tiene catorce pero, no sé, parece como de dieciocho. Tal vez sea porque las chicas no tienen que hacer el servicio militar y entonces nos sacan ventaja. La verdad que es una mierda. Todo es una mierda y quizá deberíamos pensar mejor eso de ser escritores porque me parece que eso nos está pudriendo la cabeza, que somos como más sensibles a las porquerías de la vida. El viejo no para de escuchar las noticias de Buenos Aires por la radio, mamá no para de decir que ya sabía que todo se iba a ir al carajo y ahí viene Nina de nuevo moviendo el culo en su traje de baño rojo. Contestame apenas recibas esta carta que, como dicen en *Misión Imposible,* se autodestruirá en cinco segundos...

... y ya sé, estoy segura: si leés todo esto lo primero que vas a decir es uy, Nina se volvió loca o algo por el estilo. Pero no, en serio. Querido diario: ayer fue 24 de marzo de 1976 y, si lo pensamos bien, son pocas las chicas que tienen la suerte de que su historia coincida con la historia del país. ¿Qué digo? Y bueno, a mí me pasó y una cosa es segura: nunca me voy a olvidar de la fecha, de la fecha de mi primera vez, porque cha-chán-cha-chán, a Nina se la voltearon el mismo día en que voltearon a Isabel Perón. Te juro que no es mentira y si miento que me caiga un rayo en la cabeza. Como te iba diciendo: me llamó con una cara seria, como si estuviera por ponerse a llorar. Yo acababa de volver de la playa, era a la tardecita pero todos andaban por ahí, pescando creo. Yo recién entraba y me dijo que tenía que decirme algo muy importante, que por favor me sentara. La verdad que yo no tenía muchas ganas de ponerme a hablar de cosas importantes y además viste cuando estás con el pelo lleno de arena. Pero estaba en *su* casa, después de todo. Y, no me preguntes cómo, pero de repente me estaba pasando la mano por la cabeza y ya te podés imaginar. La verdad que no duele mucho y al final, no sé, es como si una mariposa te hiciera cosquillitas en el estómago y como si te murieras. Como si te murieras feliz y en cámara lenta…

… y te pido que lo que te voy a contar ahora no se lo cuentes a nadie. En realidad no tendría que contártelo pero la verdad es que no doy más, viejo. Todo se viene en abajo. Con Irma la cosa no va más, en serio, y estas vacaciones terminamos por reconocer los dos que, de no haber sido por Martín, ya nos habríamos separado hace un rato largo. No sé, tal vez me equivoque, tal vez es esta sensación de derrota que se me está instalando en todos los rincones desde que me enteré, quién sabe. Lo concreto es que ayer hablamos con Buenos Aires y era cierto nomás: a los padres de Nina se los llevaron. Uno de los vecinos dijo que vio cómo paraban tres autos frente a la casa. Al menos eso fue lo que nos dijeron. El tema, claro, era quién carajo se lo iba a decir a Nina. Irma, tan práctica como siempre, dijo que «Ah, no, querido, eran tus amigos y después de todo la idea de traerla de vacaciones fue tuya, así que…». Y te juro que en eso estaba. Recién terminaban las noticias en la radio y mejor no me preguntes cómo pero terminé desvirgándome a la nenita. No le dije nada, además. No pude. Así que éste es el cuadro de la situación: estoy de vacaciones con un hijo que se pasa todo el día leyendo debajo de la sombrilla, una mujer que no me soporta y la hija de mis dos mejores amigos, la hija de dos muertos en potencia, a quien ayer le abrí las piernas mientras al fondo se oían marchitas militares en cadena. Lo más raro de todo es que, por un lado, tengo la sensación de que peor no podrían estar las cosas; y por otro, no sé, estoy casi seguro de que la parte más terrible de la historia aún no empezó sino que va a empezar en cualquier momento, el día menos pensado, uno de estos días.

No hay cosa más jodida, viejo, que andar queriendo olvidarse de lo que todavía no ha ocurrido.

LA MEMORIA DE UN PUEBLO

La obra es memoria.

TENNESSEE WILLIAMS,
The Glass Menagerie

Querida Adela, me pasa algo raro. Comienzo a olvidarla. Esta carta que no recibirá nunca (lo primero que olvidé es el lugar donde encontrarla a usted) se constituye en último intento y batalla definitiva que libro para arrancarle su delicioso perfil a esa niebla húmeda que empaña mis tardes sin pedir permiso, sin ofrecer ningún tipo de disculpas.

Cosa extraña, de algo estoy seguro: lo nuestro fue amor a primera vista. Pero fue un relámpago, un perfume, ahora recuerdo (ya ve, hasta los poetas se equivocan; en mi caso el amor fue, si me permite la gracia, *a primer olfato),* un perfume, decía, que me asaltó salvajemente, mientras contemplaba esa franja de tierra flamante y nuestra (¿Cartagena? ¿Buenos Aires? ¿Saint Thomas? Aquel viejo Nuevo Mundo en cualquier caso) buscando amparo en el horizonte desde la cubierta del *Nuestra Señora del Pilar,* creo.

Escribo *creo* porque todos los detalles relacionados con su persona se me antojan tejidos en el liviano y sutil material del olvido. Pero, aun así, la necesidad de creer es más fuerte. Y yo creo en usted y me encomiendo a su persona como nos encomendamos a la Virgen aquella histórica tarde, barranca abajo sobre los caballos montados en pelo, los sables en alto hasta que el calambre nos ató los brazos y el crepúsculo condimentado con olor a pólvora realista nos encendió los rostros en esos días en que fuimos tan felices y tan trascendentes. Más felices que trascendentes al final y, si alguien se tomara el trabajo de recordarme, a mí me gustaría que fuera con estas palabras: «Fue un hombre tan feliz que jamás llegó a ser consciente de su importancia».

Así es, Mercedes; de algo estoy seguro: viajábamos en un barco o en un lanchón y el mar, cómplice involuntario, nos imponía distancias mínimas, una diferencia de cubiertas y de horarios en los turnos de las comidas que se fue ajustando casi por inercia, acercándonos mutuamente de a poco pero sin dudas, del mismo modo que un escritor se aproxima a *le mot juste;* habilidad esta última que, me apresuro a declarar, me resulta ajena por completo.

¿Fue durante la última semana de viaje, cuando los festejos y el estruendo de la cohetería saludaban la independencia de los otros y el comienzo de nuestra mutua dependencia, que bailamos aquel minué por primera vez? Creo recordar a Bolívar o a Martí o a San Martín y también que todos diseñaban banderas con colores emocionados. Por eso afirmo que usted y yo, bailando un vals mareado bajo los candelabros, ajustando nuestro ritmo al ritmo del *Valparaíso,* fuimos felices esos quince días después de haber zarpado hacia alguna parte.

Ahora que el sable se ha convertido en pluma, recuerdo sus ojos verde claro y una boca cuya perfección me infundió terrores infinitos. Por labios como ésos, razoné entonces, uno era capaz de abominar del mundo, de renegar de Dios.

Me parece verla sentada a la derecha o a la izquierda del capitán, riendo con esa boca suya mientras comía de a bocados minúsculos, ridículos en cualquier otra persona pero adorables en usted. Recuerdo su mirada en la mía, aquellas pupilas traviesas despidiendo una tempestad de azabache, vaciándome de ideas y de propósitos y yo, pretextando mal de mar, ausente en los almuerzos un par de días con el absurdo convencimiento de que no verla me retornaría a la cordura y a la insipidez de los cuarteles y a las exigencias de una utopía que ya comenzaba a vencernos con la sola fuerza de nuestra desmesura juvenil. Porque la Patria, o al menos lo que nosotros entendíamos tenía que ser la Patria, ya no era la Patria, Inesita mía.

Hoy, prisionero de este escritorio en el exilio, aquella súbita presencia de usted en mi camarote se me hace inexplicable. Podría afirmar que se trató de un milagro o, mejor aún, de un espejismo similar al que nos persiguió junto a los oficiales bonapartistas durante tres días y tres noches de arena y viento. Pero estaría, como los historiadores, faltando a la verdad, simplificando los hechos para la fácil comprensión de generaciones futuras. De cualquier modo, desde aquella noche me acompaña una sensación difícil de recuperar y mucho más de poner por escrito. ¿Fue un imperceptible caer de ropas que se me antojó como la más furiosa de las avalanchas o fue al revés? La noche entera era un murmullo de sedas y de palabras en un idioma que entonces yo no hablaba pero que sin embargo entendía con un entusiasmo rayano en la obsecuencia, my beloved Margaret-Ann.

Entonces fue el semental exhibicionista de Paul Revere y Washington felicitándonos de pie, casi flotando sobre la proa, y a partir de este punto del viaje, mis recuerdos dejan de ser recuerdos traduciéndose en imágenes discontinuas, fluctuantes. Ahora las ves, ahora no las ves, como dicen los ilusionistas en el momento decisivo, como el fantasma de una gota de leche girando y desapareciendo en el ojo cerrado de una taza de té. Todo es efímero y la Historia es una farsa necesaria, un orden aparente, para disimular el inevitable horror de la Eternidad.

¿Qué fue lo que ocurrió aquella mañana que bailamos como poseídos sobre las piedras de La Bastille?

¿Abandonó usted el *Doncella de Palestina* en Canciones Tristes o en El Callao o en Dover?

¿Fue usted la desafortunada pasajera que cayó al río?

Esta herida de bala en mi pierna, ¿tiene usted algo que ver con ella?

Ya ve, quien le escribe no es un héroe sino un hombre solo y enamorado. Estamos entrando en el invierno, los días se acortan (sospecho que mis días también), y lo único que tengo como abrigo son preguntas y más preguntas apenas respondidas por mínimos fuegos fatuos: el beso en la boca de una niña morena cuando nuestra entrada triunfante en Tucumán, el genio estratega del Inglés, la barahúnda de los tambores y el honesto olor a bosta en las caballerizas del Buen Retiro...

Querida Beatriz, una sola cosa le pide este desmemoriado que se intuye patriota depuesto y argentino negado: si llega a reconocerme por la calle, si nuestros dos caminos vuelven a ser uno, por favor, no vacile en reconocerme y saludarme. No pido besos ardientes, no pido caricias apasionadas ni la sonrisa que me cegó para siempre a bordo de aquel *vaporetto*. Un simple gesto de su delicada mano, Mariana, una mirada, bastarán para devolverme su amor, mi razón de ser y el falso orgullo de saber recordar.

EL PROTAGONISTA DE LA NOVELA
QUE TODAVÍA NO EMPECÉ A ESCRIBIR

> Es difícil ser un buen escritor y una persona
> culposa al mismo tiempo.
>
> JOHN GARDNER,
> *On Becoming a Novelist*

El protagonista de la novela que todavía no empecé a escribir es argentino. De eso estoy bastante seguro. Ciertos personajes, pienso, *tienen* que ser argentinos para funcionar. O funcionar mal, como se debe.

Dije que es argentino y digo ahora que no funciona bien por muchas y por muy diferentes razones. Algunas de ellas las tengo claras. Otras no.

Una de las razones por las que mi protagonista no funciona bien podría llegar a ser el modo en que se viste. Lo veo con trajes siempre un poco anticuados, un poco inquietantes. No por la ropa en sí sino porque mi personaje parece no prestar especial atención a las condiciones climatológicas. Lo veo en puntas de pie sobre el asfalto reblandecido de la ciudad, bufanda al cuello como bandera de *prohibido bañarse* flameando en el aire tórrido de febrero. Lo veo en invierno arremangándose y con el cuello de la camisa abierto de par en par saliendo de un problema para meterse en otro problema mucho más complejo todavía. Y es que al protagonista de la novela que todavía no empecé a escribir le encantan los problemas. En realidad no sé si le encantan, pero parece atraerlos como a cazadores de autógrafos o acreedores o cualquier otro exponente de esas subrazas.

En cuanto a su edad y aspecto físico todavía tengo ciertas dudas. Es como si no terminara de sintonizarlo del todo. Ahora que lo pienso, podría tener cara de nada. Con el tema de la edad también me pasa algo raro: por momentos parece tener treinta años, por momentos treinta y cinco. Por momentos parece recién fugado de una pareja que se derrumbó sin previo aviso o sí. El estruendo y las lágrimas lo acompañan calle abajo y entonces juraría que tiene veintisiete años y algunos meses. Cuatro meses, ni un día más ni un día menos.

Eso sí, se va a llamar Gonzalo o Ramiro y, a diferencia de lo que ocurre con casi todas las primeras novelas, los componentes autobiográficos de la novela que todavía no empecé a escribir van a ser más bien escasos.

Mi vida no es muy interesante que digamos. Aun así, Ramiro o Gonzalo va a compartir conmigo un sueño recurrente y un descubrimiento tan revolucionario como inútil.

El sueño: en el sueño estoy siempre en una fiesta, o en un concierto de rock, o en un velorio. La cuestión es que siempre hay mucha gente. De improviso siento que uno de mis dientes está flojo. Me lo toco con la punta de la lengua y el diente se cae. Me llevo la mano a la boca y lo guardo disimuladamente en un bolsillo del pantalón. Completada la maniobra sin que nadie se haya dado cuenta, descubro con espanto que tengo *otro* diente flojo. Así se me van cayendo todos los dientes, uno detrás de otro ante la mirada asqueada de quienes me rodean.

El descubrimiento tan revolucionario como inútil: uno recuerda mucho mejor las cosas si se recuesta debajo de una mesa de roble. Ahí, entre cuatro patas (si la mesa es antigua mejor todavía), la memoria no parece reconocer fronteras. Recuerdo que una tarde de otoño, cuando tenía cinco años, me quedé dormido bajo la mesa del comedor en la casa de mi abuela y reviví a la perfección el instante exacto en que mi madre abría las piernas y yo aullaba como un trueno cobarde contra las paredes del quirófano. Es por esto último que la primera parte de la novela se va a llamar «Entre las patas». El título de la novela, en cambio, no lo tengo del todo decidido. Puede que se llame *Las sagradas familias* o *Familias*.

La novela va a llevar dos epígrafes. Uno de Lou Reed y uno de Lev Tolstói.

El epígrafe de Lou Reed: «¿Cómo anda la familia?».

El epígrafe de Lev Tolstói: «Todas las familias felices se parecen entre sí; pero cada familia desdichada soporta el infortunio a su manera particular».

El tema de mi primera novela va a girar alrededor de la vida en familia, me parece.

La verdad que no puedo quejarme de mi familia. Ya saben: padre, madre, hermana, perro… A mí, a veces, me llaman «el Espíritu Santo» porque estoy siempre en las nubes, en todos lados y en ninguno. Mi padre es financista, mi madre viene a ser algo así como una esposa profesional, mi hermana es modelo y mi perro es un dálmata en celo constante. Mi madre, por más que no lo admita, tiene miedo de que un día de éstos Congo se voltee a mi hermana.

Mi novia estudia arquitectura. La conocí hace dos años más o menos, justo cuando yo andaba metido en lo que por casa se conoce como mi «época rara». Y, ahora que lo pienso, la verdad es que dos años atrás yo me parecía bastante a Gonzalo o Ramiro. O no.

Ramiro o Gonzalo es un tipo cuya familia se «atomizó» cuando era chico. Divorcio o algo así. El padre y la madre viven ahora en países diferentes. En Europa. El protagonista de la novela que todavía no empecé a escribir se quedó acá y todavía no sabe muy bien qué hacer con su vida. Gonzalo o Ramiro está ligeramente loco pero su tipo de locura es…, eh…, digamos que es inofensiva. Nadie se da cuenta de que está loco y, por otra parte, está tan loco como cualquiera. Lo que de ninguna manera quiere decir que le vaya mal. Todo lo contrario: su modo bastante poco común de ver las cosas lo ha convertido en una persona de éxito en su profesión que bien puede tener que ver con la publicidad, la televisión, el periodismo.

Una o dos veces por mes sueña que se le caen todos y cada uno de sus dientes. La historia va a empezar así: el protagonista de la novela que todavía no empecé a escribir se encuentra acostado debajo de una mesa de madera de roble y a su alrededor hay cajas llenas de libros, valijas hechas, cuadros que nunca llegaron a ser colgados. Ramiro o Gonzalo, mírenlo, está tirado de espaldas sobre la alfombra. Abre y cierra la boca como un pez que nadó de largo hasta la arena de la playa mientras una mujer (podemos oír su voz) golpea la puerta con evidente angustia. La mujer se llama Viviana o Marta y es la novia de Gonzalo o Ramiro, Marta o Viviana está embarazada y le pide que le abra la puerta, que tienen que hablar, que no sea loco. Continúa golpeando pero Ramiro o Gonzalo cada vez la oye menos porque, con cada minuto que pasa, es arrastrado más y más lejos por las corrientes de su memoria, viajando marcha atrás hacia las partes más profundas de su pasado.

Más o menos ahí termina la primera parte. La segunda parte de la novela que todavía no empecé a escribir se va a llamar «La calavera de Mozart».

La lectura de un artículo sobre la identificación cierta de la calavera de Mozart en una revista de divulgación científica me ha aportado nuevas precisiones acerca de la compleja personalidad de Gonzalo o Ramiro. Al parecer, el músico sufrió de craniostenosis, una poco frecuente malformación de la bóveda craneal que se traduce en algún tipo de desorden cerebral como consecuencia de «un defecto de crecimiento encefálico en sentido perpendicular a la sutura craneana y un hiperdesarrollo compensador a la altura de los demás». No me pregunten cómo pero ésta es más o menos la explicación del carácter demencial y el humor tan escatológico como impredecible de quien supo lucir esa calavera. Faceta que, sin embargo y por motivos ajenos a mis conocimientos, no parece entrar en conflicto con la parte creativa del sujeto en cuestión.

Igual diagnóstico es aplicable a Ramiro o Gonzalo; individuo, ahora que lo pienso, dueño de una calavera similar a la de Mozart: pómulos marcados, nariz prominente, frente plana y propensión a zambullirse debajo de mesas de madera, preferentemente de roble.

La segunda parte de la novela trata sobre la infancia de Gonzalo o Ramiro y sobre la angustia un tanto eufórica que le produce el descubrir que tiene craniostenosis.

–No te preocupes –le va a decir a Viviana o Marta–, no es nada. El otro día leí en una revista que Mozart tuvo lo mismo. No es grave... pero es raro.

La tercera parte de la novela que todavía no empecé a escribir se va a llamar «Mi época rara».

Claro que mi época rara no tiene nada que ver con la época rara de Ramiro o Gonzalo. La época rara de él empieza cuando descubre su fobia contra las familias. Contra *todas* las familias. Quizá por haber sobrevivido al cataclismo de la suya, Ramiro o Gonzalo no puede evitar el sentir pánico ante cualquier tipo de relación –casual o profunda– con familias ajenas. «Cada una de ellas, cada una de estas supuestas bases de la sociedad, células de tejido social, lo que ustedes quieran... Cada uno de estos grupos de personas se me presentaban como una posibilidad de futuro negro, de zona de catástrofe. Y de una cosa estaba seguro: yo no quería andar por ahí cerca cuando alguno de sus honorables miembros –ustedes podrán suponer cuál– decidiera apretar el botón y volaran los misiles y las paredes se vinieran abajo.» Eso va a decir Gonzalo o Ramiro en la novela que todavía no empecé a escribir.

«Mi época rara», la parte central de *Familias* o *Las sagradas familias,* va a ocuparse del tránsito del protagonista por diversos grupos familiares típicos hasta concluir con la llegada de Marta o Viviana, su embarazo y la posibilidad inmediata para el protagonista de conformar una familia o seguir huyendo por debajo de las mesas.

De mi época rara, en cambio, no me acuerdo demasiado.

La mesa de mi casa no funciona del todo bien a la hora de hacer memoria. Tal vez se deba a que es de pino. La mesa de madera de roble, la de mi abuela, la vendieron o la regalaron cuando se murió. Me acuerdo, sí, que mi época rara fue hace dos o tres años y que discutía todo el tiempo con mi padre.

Discutíamos por todo. Por mi pelo largo (que no era *tan* largo), por mis amigos (que no eran *tan* amigos), porque iba al taller literario, porque no hacía nada, porque me pasaba todo el tiempo levitando en mi cuarto (no levitaba *tanto*, apenas unos pocos centímetros). Ese verano choqué el auto, casi me ahogo en Punta del Este, vi cómo un relámpago cayó sobre un tipo que corría por la orilla del mar, fumaba como un murciélago y me cambiaron de color los ojos. De azules a marrón oscuro. Mal negocio, me dicen.

Me acuerdo también del día en que se me ocurrió la idea de la novela que todavía no empecé a escribir. Iba caminando por el bosque de Canciones Tristes. Era una de esas tardes doradas de otoño y vi todo muy claro, como si lo estuviera leyendo. Empecé a correr como un loco hasta casa, agitando los brazos —típico síntoma de craniostenosis—, y llamé a mi novia a Buenos Aires. A mi otra novia, la de antes, la que iba al taller literario conmigo, la que se llamaba Mariana. Y me acuerdo que Mariana me dijo que estaba embarazada y nos pusimos muy contentos y yo encendí un cigarrillo y le dije que me había cambiado el color de los ojos y le pregunté si me iba a seguir queriendo aunque no tuviera más los ojos azules y Mariana se rio a carcajadas y no paraba de reírse.

Yo iba a tener un hijo, iba a escribir un libro. Así que salí a buscar un árbol, de golpe se hizo impostergable que alguien me viera plantando un árbol. Entonces, me acuerdo, llegó mi padre. Justo cuando yo había acabado de tirar paladas de tierra al aire y hacía un agujero donde podía entrar cómodamente un bosque, un bosque pequeño. Me preguntó qué estaba haciendo y entonces le conté todo. Lo del libro, y le dije que iba a ser abuelo y me reía como si fuera a acabarse el mundo y yo me quisiera sacar toda la risa de encima antes de que fuera demasiado tarde.

Después la cosa se complica. Ya lo dije, no estoy muy seguro de lo que pasó. Casi podría asegurar que tuve una larga, larguísima conversación con mi padre. Hablamos toda la noche, creo, pero es como si esa noche y esa conversación todavía no hubieran acabado.

A las pocas semanas conocí a mi novia que estudia arquitectura y empecé a trabajar en la financiera de papá. No me va mal. Dicen que nací para esto. Papá me deja usar la computadora después de hora para escribir mi novela. Después de hora no hay problemas, me dice el viejo. Voy a escribir la novela de noche, mientras en los fax del otro lado del mundo es de día, mientras afuera se vacían las calles y se encienden los primeros fuegos del fin del mundo y las últimas hogueras de mi cerebro.

Pero no es tan fácil. Hay momentos en que recuerdo ese momento de lucidez definitiva (cuando lo vi todo clarísimo, cuando el aire fue amarillo, cuando el protagonista de la novela que todavía no empecé a escribir era una posibilidad cierta) y me dan ganas de mandar todo a la mierda.

Me acuerdo. Sabía cómo empezaba, cómo transcurría y cómo terminaba. Hasta el último detalle. Hasta el último y mínimo gesto.

Tal vez el asunto esté en comprarse una mesa de roble.

Tal vez no.

Así están las cosas.

EL SISTEMA EDUCATIVO

Algunas vidas lograban mucho; otras, muy poco. Al escribir, uno aprende los arcos, las formas, las consecuencias o el vuelo de las vidas. Uno aprende hacia qué lugar va la vida.

BERNARD MALAMUD,
Dubin's Lives

Lo vieron venir de lejos. Corría sobre la arena con el ritmo distintivo de quien no necesita llegar a ningún lado porque ya llegó a todos. Su uniforme de hombre aeróbico resaltaba contra el gris compacto del paisaje como un borracho en un bautismo, como una forma dócil de blasfemia. Y algo de eso debió de ser porque enseguida cayó el relámpago. Para cuando llegó el trueno, el hombre anaranjado ya no estaba ahí para escucharlo. Había desaparecido sin siquiera darse cuenta; la descarga eléctrica le dio de lleno y sin posibilidad de error.

Era una de las últimas mañanas del verano, cuando el mar todavía tiene mucho de río y todo comienza a insinuarse como un borrador de lo que será el otoño. La cuestión es que el aerobista ya no tendría que preocuparse por dolores musculares. Porque de él sólo quedaba, apenas, un fuerte olor a ozono limpio trepando hacia las nubes. Javier se dio vuelta y buscó la mirada de Belushi para cerciorarse de si él también lo había visto o se trataba de otra de las tantas jugadas de su imaginación.

–Impresionante –dijo Belushi como si nada–. No te dije: toda esa mierda del aerobismo es una cagada…, mirá cómo terminó ese pobre idiota. Pero bueno, estábamos en cosas más importantes, me parece, ¿no?

La cosa más importante a la que se refiere Belushi es él mismo. Belushi es una cosa importante; prueba de ello es que caminen juntos, con Javier, como si nada hubiese ocurrido; que hayan tenido la oportunidad de ver cómo un relámpago perfecto (un relámpago como esos que dibujó Walt Disney para castigar el único gesto transgresor del siempre obsecuente ratón Mickey) hizo desaparecer a un hombre de la faz de la tierra.

Belushi, conviene aclararlo, no se llama Belushi. Belushi es uno de sus tantos alias, al igual que «el Tiburón», «el Samurái», «el Destripador de la City», «Houdini» (porque siempre se borra o entra en el momento justo; en un negocio, se entiende). El verdadero nombre de Belushi no importa porque es tan conocido, se lo oye y se lo lee en tantos lugares que ha perdido toda utilidad como tal. Se dicen tantas, tantas cosas sobre el verdadero nombre de Belushi...

Javier está aquí para ajustar un poco la historia, para recortar mejor los bordes de la sombra y, de ser posible, agregarle algunos colores. No es la primera vez que lo hace ni será la última. Una figura de la televisión, un boxeador, una amante incansable, un futbolista; él ha escrito todas sus vidas y escuchó durante horas como escuchan los sacerdotes. Supo ver las mentiras culposas detrás del oropel de sus verdades categóricas. Dijo *esto sí, esto no*. Les ha ordenado la cronología lo mejor posible dentro de sus posibilidades y cree no haberse equivocado. Después, ellos pagan, le ponen la firma a sus respectivas vidas y, por supuesto, no lo invitan a la presentación de sus *autobiografías*.

Javier podría escribir biografías, es cierto, pero le gusta escribir en primera persona, llenar al protagonista como si fuera una botella. Les entrega líquidos brillantes en frascos vistosos y —considera esto parte de su recompensa— se queda con el denso caldo gris de lo verídico en recipientes espartanos. Después, cerrarlo bien y guardarlo bajo llave en un lugar oscuro. Le gusta su colección de frascos con historias verdaderas. Además, sépanlo, las autobiografías se pagan mejor que las biografías a secas.

Javier está aquí para escribir la autobiografía de Belushi. Pero con Belushi es diferente, no es una botella cualquiera. Belushi requiere de cuidados especiales. Javier conoce a Belushi desde hace años, fueron compañeros durante todo el secundario. Saint Marcus Institute. Ahí le pusieron Bluto, su primer apodo que enseguida creció a Belushi después de ver una recopilación de *Saturday Night Live* donde un samurái desaforado preparaba casi sin darse cuenta los mejores sándwiches de pastrami en la ciudad. Unas memorables vacaciones invitó a varios amigos a su casa de Punta del Este y ahí vieron *Animal House*. Estaba prohibida en Buenos Aires y había que ser muy bestia para no encimar la figura de Bluto en la película con la del compañero de división, sentado en silencio mientras los otros ríen a carcajadas en la oscuridad del cine.

Belushi jamás podría articular las palabras justas para explicar lo que ocurrió en esa butaca. Pero no importa, de eso se va a encargar su buen amigo. Javier le va a vender las palabras a Belushi: «Te juro que cuando vi la película por primera vez fue como un…, como un milagro de esos que aparecen en la Biblia. Porque el personaje de John Belushi era igual que yo: gordo, bestial, lo que vos quieras. Pero también era un ganador nato, tenía grandeza. Volví a verla una y otra vez, ¿te acordás? Tengo una copia en video y la pongo una vez por semana mínimo. *Animal House* me salvó la vida. Cualquier otro momento importante de mi vida, el boom de la empresa, mi casamiento, el secuestro; todo está como en segundo plano. No sé, la verdad que si querés escribir un libro sobre mi vida tendrías que escribir un libro sobre la película. Está todo ahí».

—No es que *quiera* escribir un libro sobre tu vida, Belushi.

—¡Eh, bueno! A no ponerse así. Ya sé que esto es un trabajo para vos. Pero algo te debe divertir, Javier. Después de todo, no soy cualquiera.

Tiene razón: son viejos amigos del Saint Marcus, hermanos de por vida, son dos de los Tres Caballeros.

Javier mira de lejos con resignada envidia a toda esa gente que puede olvidar. Por alguna razón, el manejo de tan excelso mecanismo de defensa le ha sido vedado desde largo tiempo atrás. Por eso es tan bueno en su trabajo. Por eso, puesto a elegir, se quedó con las vidas de los otros y renegó de la suya.

Por eso, si alguien se viera en la improbable necesidad de poner sus días por escrito descubriría que es suficiente con el blanco de una página. Hace tiempo que se alejó de los suyos y desde entonces no se ha acercado a casi nadie. Vive bien así y no es soberbia lo que le impulsa a aislarse sino todo lo contrario; está mucho más cerca de un monje tibetano que de un magnate paranoico.

Alguna vez, hace mucho, una mujer le dijo con esa voz que las mujeres reservan para sus *grandes momentos intuitivos* que «vos ocultás algo, vos tenés un secreto grande como una casa».

La mujer lo miraba fijo y sus labios eran como un tercer ojo. La mujer se llamaba Sheena y fue entonces cuando descubrió que a Sheena era extremadamente difícil sostenerle la mirada verde; o la boca, que apenas se curvaba hacia arriba en una sonrisa cuarto menguante.

Le respondió que era al revés, que estaba más que dispuesto a confesar todo; la cuestión es que aún no se había cruzado con nadie que le hiciera la pregunta correcta.

Y no fue ella y no fue nadie porque él no cree en dar pistas. Sabe demasiado. Su trabajo lo ha convertido en un interrogador sutil y más de una vez se ha enfrentado a la paradoja de alguien que dice querer escribir su vida pero que no quiere hablar de ella. Son los más. Nadie quiere hablar sobre uno mismo porque uno *sabe* de lo que está hablando. Entonces paga para que lo haga otro, tener la oportunidad de leerse desde afuera y, con el tiempo, creer que todo eso lo escribieron ellos y nada más que ellos; que es la versión oficial e incontestable del asunto, es verdad. Es historia.

Tal vez fuera un espejismo. Porque Belushi y Javier alcanzan el lugar donde cayó el relámpago y no ven nada. Aun así, el aire parece vibrar sólido sobre la arena, como el eco de un tren que se acerca o se acaba de ir.

–Mirá… –Belushi señala un par de zapatillas retorcidas que flotan casi en la orilla–. *Reebok,* tenía guita el tipo. Me pregunto si lo conoceré. Seguro que lo conozco.

—Tendríamos que avisar a alguien, ¿no? —dice Javier.

—¿A quién? ¿Al servicio meteorológico?

Belushi muestra los dientes. Belushi sonríe mostrando todos los dientes porque nunca consideró enigmática a la Gioconda. Hace varios días que no se afeita, los mocasines de pana se hunden en la arena mojada y el traje de lino blanco está demasiado arrugado. No parece importarle. Belushi hace tiempo que dejó atrás las convenciones y camina con la seguridad de quien se sabe inmune a todos los qué dirán. Sabe que cada una de sus transgresiones será celebrada como excentricidad sublime. Belushi es un genio de las finanzas, salvó la empresa de su familia, salvó otras, hundió a muchas ajenas. Belushi desconoce la aplicación práctica de la palabra *desodorante* por más que sea principal accionista de un emporio de perfumería y cosmética. Belushi empieza y termina en sí mismo. Igual que Javier, pero en otro estilo. El solipsismo de Belushi es consecuencia del profundo desinterés que siente por todo lo que lo rodea. Javier, en cambio, es un ferviente cultor del equipaje ligero; se mueve por la vida sin peso real, le gusta mirar sin ser visto. Por eso, aunque Belushi es plenamente consciente de sí mismo y de sus habilidades, sabe poco acerca del planeta donde vive. Ni siquiera sabe que el verdadero Belushi murió reventado por las drogas. No le importa. Belushi no es un testigo confiable. Belushi no está para contar la historia sino para hacerla. Le dice esto a Javier. Primero lo mira con los ojos entornados y sonrisa de tiburón sensible. Después se lleva las manos al cuello para arreglarse la corbata devastada. Después lo mira con algo de furia, irritado. Sospecha que se están burlando de él.

—Claro —dice—, supongo que tengo que aceptar todo esto como uno de tus ambiguos elogios. Pero no me importa, viejo, porque yo la tengo perfectamente clara: la historia se divide en ganadores y perdedores. Yo soy un ganador, claro. Lo que se dice un hijo de puta. Porque para ser un ganador tenés que ganarle a muchos perdedores. Bueno, para esos muchos sos un hijo de puta. Y existe cierto consuelo en esto. Porque si sos un hijo de puta podés hacer cualquier cosa. Como si te dieran licencia para matar. Todo es válido para el hijo de puta y la bola de nieve se hace cada vez más grande. Y lo más importante de todo; hay un tercer grupo de personas compuesto por los testigos. Tipos que no son ni de un lado ni de otro, que no son importantes para el resultado final pero que ahí están. Y vos, Javier, sos el mejor testigo que conozco, viejo, sos un testigo profesional. Pensalo bien y vas a ver que es así. Nuestro caso, por ejemplo: yo soy el ganador, vos el testigo...

Belushi respira hondo, pocas veces ha dicho tantas palabras juntas en una secuencia coherente. Sonríe casi conmovido.

—¿Y quién es el perdedor?

—Amigo mío, me sorprende que me hagas una pregunta tan pero tan idiota.

Ahora aparezco. Pocas preguntas más idiotas que *¿por qué a mí?* Me explico: esta mañana tomé un desayuno generoso, leí el suplemento cultural del diario y salí a correr junto a la orilla del mar. Entonces cayó un relámpago y entonces comenzó el cuento que hoy nos ocupa.

Los seguidores de mi obra, pienso, sentirán cierta indisimulable irritación a esta altura. Mea culpa, es cierto: ya utilicé la idea del relámpago en un cuento sobre los últimos días de un exjerarca nazi refugiado en Uruguay. Se llamó «El lobo y el rayo» y me permito ahora repetir el recurso narrativo para observar mejor a estos dos —al biógrafo y a su biografía—, para llamar su atención. De este modo me inmiscuyo en sus existencias para determinar si me sirven, si puedo volverlos literatura.

Éstos son días difíciles y no es fácil escribir. Hace un par de horas que se fueron mis alumnos. Nina con su novela sobre Butch Cassidy y el dinosaurio. El hijo de financista que no hace más que hablar del personaje de una novela que todavía no empezó a escribir, el que va a morir de acá a unos meses en un oscuro incidente en una oscura discoteca cortesía de otra de las tantas cosas espantosas que siempre le están sucediendo a Alejo. Y Mariana, claro. Pero mejor no hablar de Mariana.

Mariana siempre discutió mi compulsión a contar una historia por encima de todo, por encima de maniobras estéticas. Una buena historia y la mitad del camino está hecho. Contarla sin demasiados artificios y fuegos artificiales. Las buenas historias son aquellas que vienen equipadas con su propia batería de efectos, esas a las que no hay que potenciar porque seguramente se ofenderían, con razón, de por vida. Mariana, en cambio, siempre prefirió las estructuras complejas. Salir de A y no llegar a B antes de pasar por Z. Dime cómo escribes y te diré cómo haces el amor.

He aquí entonces una historia compleja que —más allá de su tránsito en línea recta— resulta compleja de narrar. Lo mejor de ambos mundos, pienso. Mi homenaje a Mariana. Una historia así justifica el dolor del relámpago.

Por eso mis moléculas en combustión literaria flotan ahora por sobre las cabezas de estos dos para que yo los lea sin mayor esfuerzo. En la lectura está todo el secreto; y no tardé demasiado tiempo en comprender que los dueños de las plumas más sensibles y virtuosas son los lectores que escriben y no los escritores que leen. Por eso —y tal vez por mi asma— aparezco y desaparezco, me dirijo a ustedes a través de estos párrafos breves que no me fatigan. Respeto ante todo la figura del lector y de ahí que utilice un relámpago como subterfugio literalmente electrizante. Todo tiene una razón de ser: mi desaparición en el aire remitirá a otra desaparición igualmente súbita; y sólo así esta historia será contada y comprendida con éxito. Sólo así estará *bien escrita*.

Hablemos entonces del tercer caballero, de ese lado imprescindible para completar el triángulo de la trama. Porque el perdedor de esta historia es Santiago.

Hasta dentro de un rato.

—Raro, de golpe me acordé de Santiago —dice Belushi mientras se frota las encías como si buscara algo largamente extraviado.

Mira otra vez a Javier con los ojos entrecerrados, como si le molestara un sol que no está. Belushi es uno de esos contados individuos que parpadea de abajo para arriba, los individuos auténticamente peligrosos parpadean de este modo, en serio.

—Debe ser por lo del tipo ese del relámpago. De golpe no estaba más. Como Santiago —agrega.

Javier sigue caminando con las manos en los bolsillos y descubre que, si fuera fumador, tendría ganas de fumarse el día. Tiene ganas de tomar agua, decide.

—¿Ya pensaste en cómo vamos a resolver el asunto de Santiago? Mirá que yo no estaba. Vos estuviste con él los últimos días. De esa parte de mi vida te vas a tener que hacer cargo vos. Vos sabés más que yo de todo lo que pasó, ¿no? —Belushi lo sigue con entusiasmo, con toda la velocidad que pueden ofrecer sus piernas cortas y gruesas.

Dolor de cabeza. Nunca debió haber aceptado este encargo. No tiene sentido. Todo esto le resulta divertido cuando puede observar al incauto desde lejos. Cuando se disfraza de cazador en safari sosteniendo mira telescópica frente a un elefante que ni siquiera piensa en la posibilidad de morir de acá a unos segundos. Belushi lo mira fijo. Javier comprende que ha sido descubierto y que está demasiado cerca de su presa. Belushi toma carrera y se le viene encima. Su trompa resuena en la espesura como el *muzak* que se oirá durante las audiencias previas al Juicio Final. El momento en que todas las vidas serán revisadas a fondo, cuando será otro el encargado de realizar el trabajo que hoy le permite a Javier volar dos veces por año a Europa.

Santiago, entonces. Santiago y Belushi y Javier y Sheena. Vamos, terminemos con todo esto.

Santiago, Belushi y Javier están perdidamente enamorados de Sheena. Alcanza con revisar las talladuras torpes en los pupitres del Saint Marcus Institute *circa* 1975. Ahí están las flechas y los corazones. Si se los observa detenidamente más allá de la tosquedad del trazo, es posible descubrir características definitorias. Forma novedosa de la arqueología; aquí están todos los ingredientes para la comprensión total de la historia.

El corazón de Belushi parece despedir furia y velocidad; apenas un triángulo rodeando las iniciales. Mejor hacer que decir.

El corazón de Santiago es el de un romántico en el buen sentido de la palabra. Queda perfecto junto a su cabellera despeinada, sus ojos de largas pestañas que siempre parecen estar mirando a través de las cosas y sus largos sobretodos grises. El amor de Santiago por Sheena casi no necesita ser consumado; por eso el dibujo del corazón apenas puede ser leído, se hace necesario seguirlo con las yemas de los dedos para aceptar su existencia. Sheena es su musa y con eso alcanza por el momento.

El corazón de quien con el tiempo será un eficaz contador de vidas ajenas es quizás el más complejo de todos. De perfecta simetría y líneas seguras, he aquí, tercer pupitre de la cuarta fila, la declaración de amor de Javier, alguien aterrorizado por la potencia de sus sentimientos porque cada vez que piensa en Sheena se siente capaz de cualquier cosa.

Todas las flechas apuntan hacia Sheena y Sheena lo sabe. Los rumores corren rápido por los pasillos del Saint Marcus Institute y Sheena es la hija del director. Noble sangre inglesa trasplantada a los verdores de Hurlingham. Ésa es Sheena, la de la melena azabache y los ojos verdes, la de piernas largas, la que canta viejas baladas con voz de bruja en las fiestas de fin de curso.

Sheena está en la edad justa en que no ama a nadie más que a sí misma y en que ama a todos. Al menos ama a esos tres, a cada uno de ellos por razones diferentes y no hay noche en que no piense cómo le gustaría agarrar la mejor parte de cada uno de los Tres Caballeros y fabricar a su hombre ideal. La gracia de Belushi, la cara y las ideas rarísimas de Santiago, la inteligencia callada de Javier. Le gustan los tres y algo le dice que, tarde o temprano, va a tener que elegir a uno. O a cualquier otro. A veces le gustaría escaparse del planeta Saint Marcus. Irse a cualquier otro lado. Santiago le habló de todo eso. Irse a cualquier lado y empezar de nuevo, sin nada, sin siquiera el todo protector apellido de sus respectivas familias. Santiago le contó algo de su hermano mayor. El hermano mayor de Santiago se había ido de su casa y ahora vivía con unos amigos en las afueras de Buenos Aires. A veces, a Santiago le gusta decir que son guerrilleros y que un día de éstos se va a unir a ellos. Entonces Sheena cambia de tema y arquea la espalda, los brazos sobre su cabeza. Cuando Santiago habla así no puede evitar ponerse nerviosa o excitada. Ahora subraya una frase de *Juan Salvador Gaviota* y entonces su padre la llama a los gritos desde abajo. La televisión está encendida y ¿qué hace Belushi adentro de la televisión?

La voz en off explica enseguida: el hijo de un importante empresario fue secuestrado esta mañana por un grupo de guerrilleros que responde al nombre de Comando General Cabrera. Los mismos que se adjudicaron el secuestro y muerte del banquero Fernando Feijóo, quien fue secuestrado por su propia nieta el pasado mes de abril. Los captores han pedido un millón de dólares de rescate. La familia de Belushi se niega a entablar cualquier contacto con la prensa.

Sí, ahora están pasando una foto de la casa de Belushi. Sheena estuvo ahí un par de veces durante el verano. Belushi la invitó a la pileta y no paraba de ofrecerle cerveza y eructar al sol del mediodía. Una tarde la abrazó debajo del agua. A Sheena no le gustó nada. A Sheena le gustó un poco pero no volvió nunca más. Sheena piensa ahora en el padre de Belushi; pobre señor, cómo debe de estar sufriendo.

Con el pasar de los años, la parte de Sheena que solía preocuparse del sufrimiento de los demás se ha ido atrofiando.

Sheena ahora piensa en sí misma y hay días en que le asombra el no saber si es la persona más feliz del mundo o si sufre felizmente. Una cosa es cierta: no puede dormirse sin sus pastillas.

—Mirá, dos minitas tomando sol en pelotas. Ni siquiera hay sol y esas dos con todo al aire —truena ahora Belushi.

Javier baja la mirada y las chicas se cubren, recogen sus cosas y emprenden veloz carrera hacia los árboles.

—Te das cuenta, ¿no? Democracia.

Siguen caminando por la playa vacía.

—Mirá, mierda pura, qué aburrimiento —agrega Belushi apuntando hacia la orilla de enfrente.

Javier no puede evitar cierta traducción instantánea. Gajes del oficio. Es como si viera a Belushi en la pantalla de un cine; lo que dice Belushi son los subtítulos mal traducidos mientras que, en idioma original, expresa su cinismo con todas las palabras: «Ahí enfrente está Buenos Aires. ¡Qué ciudad! Fijate, el noventa por ciento de los que viven ahí están plenamente convencidos de que Dios es argentino y que un muerto llamado Gardel cada día canta mejor. No hace falta escribir ningún libro, Javier. Cualquier tipo con dos dedos de frente puede hacerse rico en un país así. Espejitos y vidrio a cambio de oro y piedras preciosas. Acá el tiempo no pasó y probablemente no pase nunca. Es tan fácil que me aburro, me aburro mucho. Con sólo decirte que hay días que extraño a mis secuestradores».

Claro que la vida de Belushi no va a estar contada de este modo. Javier piensa que lo que se necesita es una mezcla justa de implacable hombre de negocios con excéntrico imprevisible: una bestia elegante y una buena foto para la portada.

—¿Te trataron bien? —pregunta de golpe.

—¿Quiénes? —Belushi mira a Javier con ojos que apenas son dos ranuras en el rostro gigantesco.

—Tus secuestradores —contesta Javier en voz baja.

Algo anda mal, algo no anda del todo bien. No quiere hablar de este tema y, sin embargo, las palabras saltaron de su boca como impulsadas por un perverso mecanismo de resortes. Belushi lo mira de arriba abajo antes de contestarle. Pasan diez segundos, demasiados.

—Fantástico. Y la flaquita esa, la Feijóo, entonces pensé que tenía las mejores tetas que vi en mi vida. Pero la verdad que si lo pienso un poco… Y no me llevaba tanta edad. Te juro que si mi viejo no hubiera pagado el rescate se podría haber producido una situación interesante. Un Patricio Hearst, ¿te imaginás? Ahora me doy cuenta de que no, no estaba tan bien. No estaba mal para ser marxista, pero no era la gran cosa. La cuestión es que no la pasé para nada mal. Además zafé de los trimestrales. ¿Te das cuenta? Te estoy hablando como si todavía fuera un pendejo. Raro, es como si esa parte mía no hubiera crecido. No me preocupa tanto. Lo único que lamento es la boludez de Santiago. Pero qué tipo tan pelotudo, meterse en una así. Dicen que fue por culpa del hermano, dicen que el hermano lo metió… ¿Vos qué opinás?

—No sé, lo que está en los diarios. Unos días antes que te liberaran vinieron al colegio y se llevaron a Santiago. Le encontraron unos panfletos de los Cabrera esos; deberían ser del hermano. Vos sabés que a Santiago le gustaba hacerse el misterioso y todo eso. Después apareciste vos.

—¿Te acordás? Fue de película.

Javier se acuerda. Todos en el comedor del Saint Marcus. Roast beef con papas a la crema. Las puertas se abren de par en par y entra Belushi. El uniforme del colegio a la miseria pero la carcajada intacta. Basuras, no me esperaron para comer, grita. Abrazos y hasta un beso de Sheena. Después llega la televisión y Belushi y su padre se abrazan una y otra vez frente a las cámaras. El padre explica que —contrariando las instrucciones de la policía— pagó el rescate ayer por la noche. No, prefiere no decir dónde se llevó a cabo la transacción y, en cambio, espera que todo este triste incidente obligue a las autoridades a hacer algo en cuanto a la trágica infección que está registrando el tejido social con la infiltración de elementos indeseables en las capas más altas del…

Belushi posa con Javier y pregunta por Santiago. La noticia es compaginada esa noche junto con el descubrimiento de un arsenal terrorista y la muerte en combate de Laura Feijóo Pearson. Flor de tetas, repite una y otra vez Belushi ante sus compañeros. Nadie duda de sus palabras porque, en los diarios del día siguiente, aparece la foto de Laura en traje de baño. Campeona de natación 1972 del Ateneo de la Juventud y finalista para Miss no me acuerdo.

Carteles de prohibido bañarse condenan este tramo de la costa. Belushi y Javier tiran piedras planas sobre el agua. Las de Belushi siempre rebotan más veces que las de Javier.

—Una cosa te pido —dice Belushi.

—¿Qué?

—Hablá bien de Santiago en el libro, ¿eh? Él no tuvo la culpa de nada. Él fue el perdedor, la verdadera víctima.

Belushi y Javier se miran como no se miran desde hace años, desde el día en que se confesaron los tres, desde cuando admitieron estar enamorados de Sheena y, entre risas nerviosas, pusieron por escrito un plan de vida que dejaría a todos contentos. El cuaderno donde sellaron el pacto se debe haber perdido hace mucho tiempo pero no importa. Recuerda, sí, que estaba forrado en papel araña y que Santiago, con su rebuscada caligrafía, había asentado los movimientos del rito. Se arrojó un dado tres veces y se acomodaron los nombres. Belushi, Santiago, Javier. En ese orden. El cuaderno estaba forrado con papel araña verde y tenía páginas cuadriculadas donde jugaban a la batalla naval. Cada uno de ellos dejó caer algunas gotas de sangre sobre las páginas y respiraron entonces el convencimiento de que aquélla era una hora trascendental, de que estaban unidos de por vida y de que todas sus vidas eran una sola. Todos para Sheena y Sheena para todos. Sheena se iba a casar con los tres, iba a tener un hijo de cada uno, qué bueno sería, ¿no?

Recuerdan que el ritmo de la ceremonia estuvo puntuado por luz de vela y que el oscilar de las llamas parecía mover las pupilas de los santos ingleses en la capilla de Saint Marcus.

Pero el momento dura poco, mucho menos que aquel otro, y no da tiempo de atraparlo y confesarse tantas otras cosas. Belushi se agacha para recoger otra piedra. Javier limpia sus anteojos y cada vez más cerca se adivina el portazo de un trueno flamante.

—Mejor vayamos volviendo —dice Belushi—. Ya es casi la hora de comer y Sheena se pone loca cuando llego tarde y se enfría la comida.

Postscriptum a «El sistema educativo»:

Querida Mariana, escribí este cuento en un departamento vacío. Lo escribí de la forma en que te hubiera gustado leerlo. De acuerdo, es demasiado tarde. Pero me pareció mucho mejor que enviar flores. Disfrutarías, pienso, del final abierto y minimalista donde todo debe suponerse y nada aparece firmemente atornillado. Sigo creyendo que los elementos que conforman una historia deben ser como las mesas y las sillas en los barcos, inamovibles más allá de la tormenta, seguras para el lector que se ha dignado a sentarse en ellas. Releo, corrijo y no puedo dejar de extrañar la descripción épica de un Belushi joven a la hora del apocalipsis estudiantil. ¿Escribí en alguna parte que no puedo evitar imaginármelo mezclando cocteles con los gloriosos trofeos obtenidos por el equipo de rugby del Saint Marcus? Creo que sí, no estoy del todo seguro. Me hubiera gustado precisar algo más que las tetas de Laurita Feijóo Pearson. Santiago es apenas un bosquejo y no me fue permitido señalar que se parecía bastante al Dylan Thomas adolescente. Podría haber escrito tantas otras cosas, Mariana…

Una tarde de otoño (Hurlingham *tiene* que ser bastante parecido a Bullet Park) que incluya la marcial arquitectura de

Saint Marcus Institute dentro de sus bordes. El fluir de las faldas escocesas de Sheena y las palabras que se escaparon de sus labios la noche secreta en que Santiago entró en ella por primera y última vez, la noche anterior a que se lo llevaran para siempre. Me hubiera gustado explicar que, en realidad, Belushi nunca fue secuestrado, que todo fue nada más que una maniobra de su padre desesperado a la hora de justificar un millón perdido en un negocio infeliz, que Belushi estuvo todo el tiempo oculto en el campo de la familia. Golpes de efecto, dirías si estuvieras aquí; y no podrías evitar el indignarte ante la página donde se lee cómo Javier deslizó panfletos guerrilleros, mapas y un diario del Che Guevara en el pupitre de Santiago después de haber visto cómo éste mordía la nuca de Sheena, horizontales en un aula vacía, pensando en si un orgasmo podía durar tanto como un recreo. Tengo que admitir, sí, que la manera en que Javier entrega a Santiago no es del todo creíble. ¿Tiene sentido que busque una mejor? Estoy seguro de que ninguna te resultaría satisfactoria y yo no tengo demasiado tiempo. Tal vez el hermano mayor de Santiago estaba realmente metido en algo. ¿Quién sabe? ¿Qué importa?

Lo cierto es que —desde un punto de vista estrictamente literario— me hubiera gustado que Belushi y Javier no mintieran frente a los primeros metros de mar, que este final estuviera en sus bocas y no en mi cabeza, y que el mismo relámpago que me hizo flotar sobre ellos me hubiera llevado, de paso, hasta ese momento exacto en que vos decidiste hacer lo que hiciste. Pero lo hecho, hecho está y éste es mi regalo a destiempo. Mi homenaje sentido a todos los caídos en acción. Espero, querida Mariana, que te guste y que —de ser esto posible— descanses en paz, en ese lugar más allá de todas las historias que supimos conseguir.

GENTE CON WALKMAN

Detalles sórdidos a continuación.

Dᴀᴠɪᴅ Bᴏᴡɪᴇ,
«Ashes to Ashes»

En algún lugar sobre algún océano son las doce, las once, las diez de la noche aérea marcha atrás y termina una de esas insoportables películas que parecen exclusivamente diseñadas para anestesiar el espanto de los voladores de este mundo. Ruedan los últimos títulos, la azafata de turno ofrece la misma sonrisa de altura con la que, seguro, hace o deshace el amor, quién sabe. La azafata se llama Pam y en el momento exacto en que Pam les desea las buenas noches a todos (en ese instante en que yo me pregunto si volveré a soñar con los árboles sin nombre, miles de metros abajo, lejos y afuera de todo lo que sigue, en una cama más peligrosa que todos los ingenios del hombre juntos), justo entonces falla una turbina y después otra.

¿Y dónde está ahora la sonrisa de Pam? ¿Y para qué la humorada involuntaria del cartel de *Fasten Your Seat Belt / Do Not Smoke* que se enciende como si con eso se solucionara algo? Todos gritan y lloran y rezan, cualquier distracción es válida cuando se trata de escaparle a la idea de que todos van a morir por cortesía de la Ley de la Gravedad. Todos van a confundirse en una bola de fuego, en un abrazo fraterno y vertical contra el agua o la tierra. Mírenlos gritar, óiganlos caer.

Pero yo puedo salvarlos.

Está escrito que un escritor puede salvar a cualquiera menos a sí mismo. A mí me alcanza sólo con sentar en el asiento 14K de la aeronave en cuestión a un joven argentino de veinticinco años. Se llama Alejo y su sola figura equivale a eficaz convocatoria de malos augurios y pésimas consecuencias. Alejo abre resignado una de esas botellitas de whisky por entre tanto alarido en picada y sonríe sabiéndose tan desafortunado como inmortal. Si estuviera dentro de sus posibilidades, si no fuera tan tímido, Alejo reclamaría la atención del pasaje con palabras que bien podrían ser las que siguen: «Señores pasajeros, tengan a bien no tener miedo; si yo estoy aquí no les pasará nada. Es cierto, soy la persona con peor suerte en este avión. Todo el tiempo me están pasando cosas espantosas. Pero siempre sobrevivo. Esto del avión es apenas una más de esas cosas espantosas. Y, como yo no voy a morir, bueno, supongo que ustedes tampoco van a pasar a eso que se conoce como *mejor vida*. No les pasará nada porque a mí todavía tienen que pasarme cientos, miles de cosas espantosas».

Pero no hace falta que Alejo adoctrine al pasaje. Primero una turbina y después otra. Vuelven a funcionar. Todo el asunto no duró más que un minuto. Pam vuelve a sonreír; yo sigo aquí abajo, prisionero voluntario de estas cuatro paredes; Alejo saca una libretita de su saco y anota *London/Bue, fallaron las turbinas (2) del avión* justo abajo de donde puede leerse *Afeitadora enloquece en casa de Tía Ana, cuatro puntos de sutura, vacuna antitetánica.* Después se duerme o se hace el dormido con cara de aquí no ha pasado nada. La cara que, por razones obvias, mejor le sale.

Nada se transforma, todo se pierde. Por algún perverso e inexplicable error, las valijas de Alejo fueron despachadas desde Heathrow a Halim Perdanakusuma. Heathrow es uno de los dos aeropuertos de Londres. Halim Perdanakusuma es uno de los tres aeropuertos de Yakarta. Nada demasiado importante. La profesión de Alejo lo obliga a moverse por el mundo con cierta asiduidad. Lo que equivale en su caso a perder valijas con cierta asiduidad. Los aeropuertos del mundo —involuntarios escenarios de esta tragedia rectangular con dos cierres relámpagos y sin candado— han confundido decenas de valijas de Alejo. Alejo ya es personaje conocido en los aeropuertos del mundo. «Ahí viene el argentino, ese que siempre pierde las valijas», piensa Luigi M. detrás de un mostrador del aeropuerto de Milán. Mr. Samsonite. Así fue, así es y así será. Por eso Alejo arma sus valijas con el mismo espíritu de una madre que envía a su hijo a la guerra. Adiós, hijo mío, Dios te ampare. Por eso las valijas de Alejo llevan invariablemente artículos impersonales, repetidos hasta el cansancio. El mismo traje verde botella, la misma corbata verde pastel. Nada personal, la agenda siempre en la mano y el premio consuelo de estar eximido *in aeternum* de volver a casa con regalos para la familia. Dios mío, ¿quién terminará poniéndose todos mis trajes y todas mis corbatas verdes?, piensa algunas noches antes de dormirse.

Alejo camina por Ezeiza, afuera llueve y adentro del aeropuerto ve al chofer de la compañía sonriéndole automáticamente adentro de un tan ominoso como absurdo uniforme negro. Se conocen desde hace años pero el protocolo capitalista obliga la existencia de una pizarra con el nombre de Alejo escrito en letra imprenta. Alejo sabe que al chofer Agustín Finnanzi los amigos le dicen Cable Pelado, porque antes de ser chofer Finnanzi era electricista o algo así. Finnanzi se abstiene de preguntar por las valijas; la mirada de Alejo lo dice todo. El chofer parte a ocuparse del trámite en la oficina de Equipaje Extraviado con una sonrisita que podría costarle el puesto. Pero Alejo está cansado; el impermeable al hombro, en una mano el pasaporte, en la otra un libro. Enfila como un sonámbulo hasta el bar, pide un café, abre el libro. La novela se llama *Walkman People,* pero por más que el título esté en inglés, la novela fue escrita por un argentino. Debajo del título puede leerse «la segunda novela del laureado autor de *El hombre del lado de afuera».* Alejo no leyó el primer libro y no tiene el menor interés en leer el segundo. Pero tendría que leerlo. Se lo regaló Nina, su novia posmoderna, la que escribe todo con *k* y con *x. Te kiero haxta el fix del mundo, haxta ke el kaos diga baxta. Xox mi lux negra y te kiero haxta la xemana ke viene,* dice la dedicatoria.

Claro que Nina no está enamorada de Alejo.

Nina ni siquiera está enamorada de todo el dinero de Alejo.

Nina está enamorada de la mala suerte de Alejo.

Posmoderna mala suerte.

Cuando están en la cama, después de hacer el amor, Nina siempre le pide a Alejo que le vuelva a contar cómo su novia anterior se cayó por el hueco del ascensor. Alejo se acuerda de su novia anterior, la que no quiere volver a verlo ni en la sopa, la chica con la que iba a casarse y ser un hombre relativamente feliz y relativamente afortunado. Abre el libro en las primeras páginas y empieza a leer. La primera frase de la novela dice «Vengo de una familia de mentirosos, todo me está permitido». Entonces vuelve Finnanzi, todo listo, se van a poner en contacto en cuanto las localicen y los dos caminan hasta el Mercedes bajo la lluvia.

El departamento de Alejo no es demasiado diferente a una valija de Alejo. Nada en los estantes cuya ausencia pueda llegar a extrañarse demasiado porque hoy estamos y mañana no, y hasta es posible que *hoy* no estemos. Dos ambientes frente a plaza San Martín, una cama, una computadora personal. Alejo se sienta frente a la computadora y empieza a archivar el detalle de todas las cosas espantosas que le han pasado durante este último viaje. Alejo está convencido de que hay una clave, *tiene* que haberla. Y Alejo va a encontrarla algún día, va a decodificar todo el sistema de su mala suerte. Y ese día…

Alejo va transfiriendo a su archivo secreto las anotaciones de su libreta: *Huggis flambeado, almuerzo con representantes de la compañía en Escocia, principio de incendio, destacable desempeño del cuerpo de bomberos de Glasgow.* Enter.

Suena el teléfono: imposible desconocer esa voz ronca.

–Llegaste. Voy para allá –dice Nina por teléfono.

Y cuelga. Nina piensa que el teléfono es una forma de comunicación unilateral, piensa Alejo del living a la ducha justo cuando el teléfono vuelve a sonar. Otra voz ronca. Pero no la de Nina. Para empezar, es la voz de un hombre; la voz de un hombre que parece haber estado corriendo durante días con viento en contra. Las palabras tardan en llegar de un lado a otro. Los teléfonos de Buenos Aires.

–Pasáme con Mariana –dice la voz de un hombre en el teléfono.

–Me parece que marcó mal, acá no hay ninguna…

Pero del otro lado ya no hay nadie. Colgaron. Evidentemente la estética telefónica de Nina se está poniendo de moda en esta ciudad, en los maravillosos años 80, la noche del 11 de julio de 1986. Mañana es mi cumpleaños, piensa Alejo, tendría que llamar a mamá y papá. Alejo posiblemente sea la única persona en el mundo que llama a sus padres para comunicarles que es su cumpleaños. Familia muy normal. En media hora Alejo va a cumplir veintiséis años. Jamás pensé llegar entero a esta edad, piensa Alejo, supongo que es algo digno de ser festejado.

Alejo recuerda viejas cosas espantosas frente al espejo del baño como un guerrero desnudo revisando viejas cicatrices de viejas batallas: aquí está la vez que me clavé una almeja en la frente corriendo por la playa, por acá entró el manubrio de la bicicleta, así me marcó la hoja del cuchillo gurkha y por acá salió limpiamente aquella bala perdida en Venecia sin tocar ningún órgano vital. La verdad es que hay que tener mucha mala suerte para ponerse en el camino de una bala véneta perdida. Después, en la sala de primeros auxilios del Lido, se enteró de los dos aristócratas de título discutible que se habían batido a duelo en el Gran Canal, de una góndola a otra, sobre el agua podrida de la maravillosa Venecia.

La bañadera está llena; el teléfono vuelve a sonar.

—Mirá, dejémonos de joder. Pasame con Mariana si sabés lo que te conviene, hijo de puta.

A pesar del insulto la voz suena más cansada que antes, como si su dueño no sólo hubiese estado corriendo contra el viento sino que, además, llevara encima todas las valijas que Alejo perdió en los últimos años. Todos esos trajes y todas esas corbatas verdes. Nadie se merece algo así, se compadece Alejo.

—Acá no hay ninguna Mariana, en serio, ¿con qué número quiere hablar? —contesta, un poco conmovido por sus buenos modales: está tratando de usted a un perfecto desconocido que acaba de decirle hijo de puta por teléfono.

Un punto a favor para su venerable colegio inglés, Saint Marcus Institute, *God Save Our Children, Men of Tomorrow*.

—Escuchame, tontito, no me vengas con esa del número equivocado. Pasame con Mariana. ¿O te creés que no sé que cada vez que discutimos va a esconderse a tu departamentito de mierda?

—Le repito que no conozco a ninguna Mariana. Además, acabo de llegar de Londres, ni siquiera deshice las valijas —miente Alejo en nombre de las buenas relaciones telefónicas entre los desconocidos de esta terrible ciudad.

—Ay, qué fino el inglesito de mierda.

—Creo que no fui claro. No soy inglés. Estuve en Inglaterra en viaje de negocios y…

—Escuchame, pelotudito: las Malvinas son argentinas, ¿entendés?, y pasame con Mariana ya mismo si no querés que…

Alejo corta. El conflicto del Atlántico Sur y su incidencia en el inconsciente colectivo del argentino medio no es uno de sus temas predilectos. Además, el agua de la bañera empieza a enfriarse.

Alejo deja el teléfono inalámbrico en el piso del baño. Después va en busca de *Walkman People*. En realidad lo busca con la esperanza de no encontrarlo. Alejo no se lleva bien con los libros. Le producen cierto temor religioso y la verdad es que no lee uno desde hace años. Desde cuando, casi al final inconcluso de un magnate cinematográfico, leyó sin posibilidad de error la frase «le habían ocurrido todas las cosas malas, pero eso era todo».

Se mete en el agua y con los codos apoyados en los bordes de la bañera vuelve a empezar el libro por milésima vez:

Vengo de una familia de mentirosos, todo me está permitido. Y los aeropuertos son, en mi muy humilde opinión, lugares perfectamente aborrecibles.

Totalmente de acuerdo, piensa Alejo. Y sigue:

Hace dos o tres semanas yo me encontraba en la cómoda posición decúbito dorsal, de la nuca. Hoy no estoy tan seguro acerca de mi salud mental. Lo que se convierte en un problema (un consejo: siempre traten de estar seguros de algo, por más absurdo que les parezca ese algo; cualquier cosa es mejor que la duda y la incertidumbre). Pero basta de verdades absolutas por el momento. Ya encontrarán muchas más a lo largo y ancho de lo que vendrá. Es un defecto mío: haber reinventado el mundo con apenas veintiséis años…

Uy, la misma edad que yo, piensa Alejo.

… —ésa es mi edad— sin haberme tomado ni un domingo libre. Otro par de defectos de fabricación, o señas particulares, antes de seguir adelante: memoria selectiva y manía referencial.

El teléfono vuelve a sonar y Alejo vuelve a atender. Alejo *siempre* atiende el teléfono, vaya a saber uno lo que puede haber ocurrido en el mundo sin que él tuviese que ver con ello. Y, además, el teléfono es un gran invento porque sirve para comunicar las cosas espantosas casi al mismo tiempo en que éstas se producen.

—Mirá, a mí no me corta nadie. Y menos vos, pendejito pollerudo. Porque Mariana me dijo que con vos no hace nada, sabés. Así que mejor que te avives. Esa puta nos está usando a los dos como boludos. Yo por lo menos le rompí el culo. Así que pasame con la turra esa antes de que te vaya a romper el culo a vos.

—Por favor, llame en diez minutos; tengo que lavarme la cabeza —dice Alejo.

Y cuelga y sigue leyendo. Abre el libro por cualquier parte y sigue leyendo:

El problema de tener un amigo como G.G. es que no estoy del todo seguro de que sea un amigo en el sentido clásico de la palabra. Más allá de todo el asunto de G.G. (que se haya llevado el dinero del cliente de la agencia para comprar cocaína y que ni siquiera haya vuelto para convidarme un poco), tengo que admitir que últimamente tengo ciertos problemas con el tema de los conceptos y los significados. Es como si leyera un diccionario defectuoso: tengo la parte de las definiciones pero no conozco cuáles son las palabras que definen.

De cualquier modo, y volviendo a G.G., su voz en el contestador automático suena más sincera, mejor. Por sincera no quiero decir confiable. Todo lo contrario: G.G. vive y actúa con el pleno convencimiento de que es un reverendo hijo de puta.

Así es el mensaje. Un breve intro musical —creo que se trata de Prince— y la voz de G. G.: «Hola, es obvio que no estoy. Puede que vuelva en algún momento. Pero ¿para qué llamar por teléfono? ¿Para qué intentar comunicarse? En fin, si tiene tantas ganas de hablar solo le obsequio un minuto de mi electricidad. Siéntase idiota; después de todo está hablando con una máquina, ¿no? Después de la señal. La señal es inaudible».

Cuelgo y apenas cuelgo suena el teléfono. Me pregunto si valdrá la pena atender.

Me pregunto si valdrá la pena atender, piensa Alejo. Porque el teléfono está sonando otra vez. Y Alejo está seguro de que no pasaron, *no pueden haber pasado* los diez minutos de gracia.

Alejo escucha; esta vez no hay nadie del otro lado de la línea. O al menos parece no haber nadie. Nadie habla. El silencio que Alejo escucha es como ese silencio que se vende en los desiertos. Que se vende caro, en frasquitos más pequeños que los del más exquisito perfume.

—Hola, Alejo —dice entonces una voz conocida.

Alejo la reconoce de inmediato. Sonríe. Es la voz de su hermano mayor. ¿Por dónde andará su hermano mayor? Alejo conoce lo suficiente a su hermano mayor como para no preguntar nada. Escucha con los ojos cerrados una delicada música de violín. Una melodía que parece venir viajando desde hace siglos, escondida en alguno de los rincones del mundo para manifestarse, apenas por un minuto o dos cada tanto, frente a un oído comprensivo y privilegiado. Pero no, no es un violín, es alguien silbando. Alguien silbando «Cumpleaños feliz» por teléfono.

Hace cuatro años que Alejo no ve a su hermano mayor. Hace cuatro años que *nadie* ve al hermano mayor de Alejo. Nadie que lo conozca, claro.

Desde hace cuatro años en esa fecha, el teléfono suena en la noche y Alejo atiende. Es cierto; a veces uno puede tropezarse con un desesperado buscando a su Mariana. Pero Alejo sabe que, ese día en particular a esa hora en particular, puede ser su hermano mayor quien respira al otro lado del cable. De lejos o de cerca. En oportunidades la voz parece llegar desde diez mil kilómetros de distancia. En otras Alejo tiene la seguridad plena de que le está hablando desde el teléfono público del Florida Garden. En cualquier caso el milagro, como todos los milagros, es breve. Son las doce de la noche, alguien le ha deseado feliz cumpleaños, entonces la música y al final surge la voz:

—Que los cumplas feliz, Alejo —dice su hermano mayor.

Y eso es todo. Alejo deja el teléfono en el piso del baño y se hunde en el agua de la bañadera. Abre los ojos debajo del agua y aguanta la respiración todo lo que puede. El mundo debería ser así, piensa, azul y liviano y con la posibilidad de sacar el tapón y desagotarlo para volver a llenarlo con lo que uno quiera. Cuando sale a la superficie de las cosas, el teléfono está sonando de nuevo:

—Te dije que me pases con Mariana, hijo de puta.

No es la voz de su hermano mayor, por supuesto.

Ahora yo; unas palabras de vuestro patrocinador: en esta terrible ciudad hay un hombre desesperado buscando a una mujer llamada Mariana. El hombre desesperado me odia —a mí, digo— por razones que no alcanzo a comprender del todo; lo cierto es que yo los conocí a los dos, a ese hombre y a esa mujer. Apenas los conocí. Pero ésa es otra historia y lo cierto es que produce cierto terror comprobar que los edictos más burdos de la sabiduría popular no se equivocan, que el mundo es un pañuelo después de todo y que no por mucho madrugar amanece más temprano.

Esta última es la fórmula justificadora y máxima que rige la existencia de Nina, sépanlo. Nunca van a encontrársela durante el día. Nina cuida su palidez como otras chicas cuidan chicos. Se viste siempre de negro; es el nuevo modelo *à la page* de Chica Poe pero con una característica distintiva: a diferencia de la Ligeia & Co., la salud de Nina parece construida en los más calificados astilleros japoneses. Alejo jura, hace memoria y vuelve a jurar que nunca le oyó un estornudo a la muy posmoderna.

Como ahora: toda la ciudad engripada, Alejo recién salido de la ducha, aspirina en mano acusando los primeros síntomas del cambio de estaciones y de husos horarios; y Nina que entra como si nada, envuelta apenas en su mínima mortaja de lycra, y le pregunta a Alejo qué le pareció *Walkman People.* Déjenme decirlo a mí: qué mala es *Walkman People,* qué mala que es mi segunda novela. La escribí para las Ninas de esta ciudad, en apenas cuatro días (se sabe que la basura hay que sacarla rápido a la calle porque, si no, empieza a oler mal), lo que se dice una jugada oportuna. Y todos contentos, mi editor incluido.

—Me encanta —dice Alejo—. Voy por la mitad. Quiero que me dure.

Qué mala es *Walkman People* y qué buen tipo es Alejo.

—De eso se trata —dice Nina—, de hacer durar las cosas.

Y saca de su cartera un papelito plateado doblado en demasiadas partes. Y así llegamos a la parte desagradable o drogadicta de nuestro cuento y autorizo al lector no interesado a saltársela.

Alguna vez, piensa Alejo, mientras traza las rayas de cocaína con precisión quirúrgica; alguna vez aquí, dentro de este papelito, vivió un inofensivo bocadito Cabsha de dulce de leche bañado en chocolate. Nada se pierde, todo se transforma, piensa Alejo.

La relación de Alejo con la droga, como tantas otras, no tiene nada que ver con la relación de Nina con la droga. En realidad, Nina no sabe muy bien por qué se droga. Tampoco sabe muy bien por qué se maquilla los ojos de negro, por qué se acuesta con cualquiera que le gusta, por qué se preocupa en fingir orgasmos cuando se acuesta con cualquiera que le gusta y por qué hay que llegar despierto a las diez de la mañana. En esto último, la cocaína es de gran ayuda para toda la gente con walkman, para los muchos y pocos rigurosos lectores de mi espantoso segundo libro.

Alejo, en cambio, se droga para ser otro. Otro menos tímido, para empezar. Pero eso es sólo el principio. Alejo piensa que, de un momento a otro, el efecto acumulativo de la cocaína terminará convirtiéndolo en otra persona, alguien sin mala suerte. Existe, claro, el riesgo de volverse un adicto perdido. Pero las campañas antidrogas nunca han contemplado un caso como el de Alejo. Una prueba más de que las campañas antidrogas no sirven para nada.

Nina se olvidó de que es el cumpleaños de Alejo pero, de cualquier modo, señala la cocaína y dice:

—Regalo a cuenta de tu próximo cumpleaños.

Y la cocaína debe ser buena porque Alejo dice:

—Hoy es mi cumpleaños.

Nina parece decepcionada, mira hacia la ventana como si estuviera encerrada. A Nina no le gusta conversar y es muy poco lo que Alejo sabe de ella. Una vez le preguntó por sus padres y ella cambió de tema diciendo que vivían lejos. Lejos y punto. A Nina no le van bien los lugares chicos y silenciosos. Nina deja correr los dedos por los bordes de la persiana americana y después mira a Alejo con cara de ¿tengo ganas de hacer el amor o no? Me parece que la respuesta es no.

—Vamos a festejar. Salgamos —dice Nina.

Y salen, y justo cuando Alejo cierra la puerta vuelve a sonar el teléfono.

No pienso atender, piensa Alejo. Alejo está más duro que la estatua de San Martín ahí afuera.

Dura es la noche. Como siempre, todo el mundo conoce a Nina y Nina no conoce a nadie. Este fenómeno siempre termina causando una excitante inquietud en Alejo, que camina detrás de Nina abriéndose paso entre la gente y la música. Nina avanza con la seguridad de Moisés dividiendo las aguas del Mar Rojo. Por momentos puede verla, por momentos la pierde de vista. Alejo descubre que tiene algo en la mano y que no es la mano de Nina. *Walkman People*. Salió con el libro puesto sin darse cuenta. Los sutiles peligros de la droga.

Quince minutos más tarde se encuentra con Nina, que ni se dio cuenta de que se habían separado. Está hablando con un tipo joven y bizco y con un hombre de unos cincuenta años que a Alejo le suena de algún lado. Si Elvis no hubiera ido a Las Vegas, piensa, se parecería bastante a él. Y se sorprende de que haya podido pensar algo así. Yo siempre pienso en línea recta, piensa Alejo mientras traga gusto amargo, química pura. Nina le hace un gesto con la mano como para que se acerque y Alejo obedece. El tipo joven y bizco lo mira a los ojos, o al menos eso parece, y sigue diciendo que «en una semana nos vamos a Nueva York a grabar con éste». El tipo joven y bizco es Bongo, líder de Tambores Negros, grupo de rock de moda, según Nina. Entonces Alejo reconoce al otro, al Elvis bien conservado. *Éste* es La Roca Argentina, Julio Dellaroca, pionero del rock local y todo eso. A Alejo nunca le interesó el tema ni mucho menos; pero hace poco vio una película argentina vieja, un domingo a la tarde. Una de esas películas de los 60. Aparecía La Roca Argentina cantando algo que venía a ser como su himno, «Soy como una roca que rueda». Dios mío, piensa Alejo, este tipo desafinaba como un hijo de puta.

La Roca Argentina mira fijo a Alejo. En los democráticos 80 todo el mundo mira fijo a todo el mundo. Es uno de los derechos civiles que supimos reconquistar. Y el efecto de la cocaína se le debe de estar pasando a Alejo porque piensa que en cualquier momento va a tener lugar otra de las tantas cosas espantosas que la vida tiene reservadas para él.

Nina se huele algo porque le pasa un encendedor tubular de colores psicodélicos con mirada cómplice. Alejo no entiende, entonces Nina se señala la nariz y sonríe. Alejo enfila para el baño, se encierra con un inodoro, se mete el encendedor falso hasta el fondo y respira con fuerza.

Alejo sale del baño pensando que tal vez no le va a pasar ninguna cosa espantosa después de todo, justo cuando el DJ lanza al aire un viejo tema reinventado por Love & Rockets. «Ball of Confusion.»

Alejo llega hasta Nina y ahora Nina habla con otra persona. Otro de los tantos conocidos desconocidos de Nina. Pero éste le suena de algún lado. Traje italiano. Alejo tiene una vasta experiencia en el identikit de trajes, ya lo sabemos. Entonces se acuerda: el hijo del amigo de papá que siempre anda con trajes italianos. Lo vio un par de veces en la oficina, no se acuerda del nombre o no lo sabe. Lo mismo le pasa al otro, no hay señal de reconocimiento personal pero sí se produce esa indefinible sensación que hermana a los miembros de una misma tribu. Alejo no sabe qué es lo que le molesta más: el sentirse cómplice de un crimen del cual no tiene la menor idea o que ese tipo, evidentemente, haya tenido alguna historia con Nina. Alejo estrangula con una mano el encendedor falso.

—¿Qué tenés ahí? —pregunta el tipo.

Alejo está por mostrar el encendedor cuando Traje Italiano agrega:

—El libro…, ¿qué hacés con un libro acá?

Alejo está por decir algo cuando Traje Italiano le da plata a Nina para que vaya a comprar bebidas. Le da el billete junto con una palmadita en su delicioso culo posmoderno. Y otro de los efectos privados de la cocaína en Alejo: el pensamiento externo, el verse desde afuera como un programa de televisión; hay veces en que puede llegar a verse como un *buen* programa de televisión, como si estuviera cómodamente sentado frente a sí mismo diciéndose que le encantaría ser como el actor ese al que todo le sale siempre bien. Los innegables efectos terapéuticos de la tercera persona singular.

Piensa que sería bueno fumarse un cigarrillo. Pero Alejo no fuma, nunca fumó. Así que se lleva el encendedor a la nariz y le prende fuego a la sección frontal de su cerebro.

A todo esto, hay gente que se conforma con poco a la hora de relacionarse: Traje Italiano siguió hablando como si nada. Alejo apenas alcanza, con un considerable esfuerzo, a rescatar pedazos del discurso del otro:

a) una furiosa crítica contra el autor de *Walkman People;*

b) una apología de la mesa de dinero como sistema de vida;

c) un cuidadoso informe acerca de la conducta licenciosa de un diputado bailando con una modelo ahí al lado;

d) el flash-back romántico *(Nina es una gran mina, ¿no?, y una bestia en la cama, al menos conmigo);*

e) un inesperado e intenso exabrupto antisemita;

f) me parece que tendríamos que intercalar números de teléfono, acá está mi tarjeta, así terminamos de abrochar bien el negocio ese.

¿De qué negocio está hablando este perfecto desconocido? Ahora resulta que Alejo hace negocios sin siquiera darse cuenta. Dios mío, tendrían que envasar este polvito blanco y venderlo en los free-shops del planeta. Alejo sostiene la tarjeta de Traje Italiano como si fuera uno de esos delicados pisapapeles de cristal Fabergé y la mira contra las luces estroboscópicas. Voy a tener que dejar todo esto, piensa, es peligroso cuando uno empieza a verse obligado a dejar el número de teléfono a hombres con trajes italianos.

–La verdad que salí sin tarjetas, disculpame –dice Alejo mientras estira la cabeza, en un principio haciendo como que busca a Nina y enseguida buscando a Nina en serio.

¿Adónde se fue Nina?

–No hay problema –sonríe Traje Italiano–. Con el número de teléfono alcanza y sobra.

Y saca del bolsillo del saco una de esas agendas digitales. Alejo mira la agenda electrónica con cierto temor.

–No funciona –dice Alejo.

–Sí que funciona. Mirá –sonríe Traje Italiano cuando abre su agenda digital, su arma secreta.

–No… no. Mi teléfono –dice Alejo–. No funciona desde hace meses.

–No problem. Tengo un amigo en Entel. Vamos, cantando.

Justo en el momento en que Nina aparece portando dos vasos altos de whisky, moviéndose por entre los mortales como una diosa en día franco. Está por ocurrir –piensa Alejo– la próxima cosa espantosa de mi vida. La siente llegar y, mierda, se olvidó de su libretita para anotar cosas espantosas. Inútil resistirse, inútil postergar el momento. La experiencia más el empujón extra de la droga, primicia exclusiva, le adelantan los siguientes diez minutos de su vida y se lleva las manos a la cara, se cubre del futuro que se le viene encima.

—Te tengo una sorpresa… ¿Te sentís bien? —pregunta Nina con la misma voz con que podría preguntar qué hora es.

—Son las cuatro de la mañana —dice Alejo después de mirar el reloj, y la mira a ella y, sí, tal vez esté enamorado de ella después de todo. Veremos.

Enfoca a Traje Italiano con una sonrisa cansada. Está cansado, su avión casi desaparece en algún lugar de ninguna parte, su equipaje se perdió en alguna parte, puede permitirse el lujo de una sonrisa cansada y, tal vez, de una nueva dosis de encendedor.

—Ah, sí, mi número de teléfono…

Cuando Alejo va por el sexto dígito, la cara de Traje Italiano empieza a cambiar. Como si se le estuviera fundiendo en una nueva cara. Una cara todavía más desagradable. Y todo porque, ya lo sabía, dijo su número de teléfono.

—¡Mariana! ¡Vos sos el hijo de puta que me cagó a Mariana! —aúlla Traje Italiano.

Y se arroja sobre Alejo con los puños cerrados. Nina grita, la gente baila. Los golpes llueven sobre el rostro de Alejo y, cosa rara, parecen seguir el ritmo de la música que bien puede ser de Talking Heads. Obediente, la nariz de Alejo baila y se contonea partiéndose en dos o tres, detalles poco importantes pero que encontrarán su justo lugar en la pulcra libretita de Alejo, un libro que todo el mundo debería leer, el perfecto ensayo de autoayuda que no sirve para nada y que además lo admite sin ningún pudor.

Alejo cae al suelo hecho un ovillo, se abraza a una de las piernas de Nina como si se tratara de un pedazo de la cruz del Gólgota y, sorprendido, descubre que todavía puede pensar por entre el bosque de patadas que le lanza Traje Italiano.

Pedir que me cambien el número de teléfono, piensa en el momento exacto en que el DJ (ah, la sorpresa de Nina, sigue pensando Alejo) le desea feliz cumpleaños a través de los parlantes y los watts y me parece que la amo, en serio.

LA ROCA ARGENTINA (12 GRANDES ÉXITOS)

> Pero para vivir fuera de la ley
> tienes que ser honesto.
>
> Bob Dylan,
> «Absolutely Sweet Marie»

LADO UNO

1. *Noches del Chelsea Hotel*

Que esta colección de grandes éxitos abra con la última canción que grabó Julio Dellaroca (1940-1986) no es una elección casual. «Noches del Chelsea Hotel» –conocida hasta ahora en versión pirata como «Fix N.1», «Blues de Fix» o «Chelsea Fix»– fue registrada en un grabador de cuatro pistas la misma noche en que esta leyenda del rock argentino pasó a la inmortalidad en una habitación del célebre hotel neoyorquino que supo albergar a tantas otras leyendas. Canción paradigmática sobre la droga (de dramatismo comparable a la «Heroine» de The Velvet Underground), «Noches…» se hace –como en la canción de Lou Reed– dolorosa al oyente por su cuota de elegante desesperación. No hay aquí gritos primales a la «Cold Turkey» ni pretensiones moralizantes. Apenas una guitarra acústica (recordar el *Chelsea Hotel N° 2* del canadiense Leonard Cohen) alcanza para que La Roca Argentina desgrane un lamento que no está de más emparentar con el del *bluesman* original Robert Johnson: la historia de alguien en caída. Pero ese alguien cae sonriendo, y la sonrisa de La Roca en «Noches del Chelsea Hotel» es tan misteriosa como la sonrisa de la Gioconda.

2. Gente de mi barrio

Por entre la comprensible inocurrencia de lo que fue el primer larga duración de La Roca Argentina –*Canciones de La Roca*–, la inclusión de «Gente de mi barrio» (1965) se insinúa, en perspectiva, como un verdadero milagro. Precisa canción que rescata lo mejor de los *talkin' blues* a la Guthrie & Dylan, «Gente...» se demora en el retrato de varios personajes típicos de Buenos Aires y, finalmente, incluye la primera persona del narrador que advierte «Gente de mi barrio / este tipo raro / cualquier día de éstos / sale en los diarios». El tema fue incluido en la banda de sonido de *Todos juntos ahora* (1966), film que hoy goza de una fama discretamente cult. Destacables también son las versiones de The Beatles *(Baby's in Black* traducida como «Vestida de negro») y de Bob Dylan *(Spanish Harlem Incident* nacionalizada a «Episodio en San Telmo»). *Canciones de La Roca* fue grabado después de un breve pasaje de La Roca Argentina por un grupo llamado Los Expulsados del Paraíso; banda que incluyó a varios popes de la época como Moris, Tanguito y el Griego Kronos.

3. Margarita Botticelli

Esta canción es el tan milagroso como típico producto de una cultura periférica y, sin embargo, perfectamente atenta a lo que ocurre en el mundo. Mezcla perfecta de canción de amor/odio a la Dylan con el delicado lirismo instrumental pseudobarroco de grupos como The Kinks a la hora de contar una historia; nadie puede negar que «Margarita Botticelli» fue y sigue siendo una gran canción, uno de los momentos más altos en la obra de La Roca. El cover grabado en 1984 por el grupo *dark* Tambores Negros no hizo más que confirmar la permanencia de versos tan afortunados como atemporales en su lectura. Porque la letra de «Margarita Botticelli» es aplicable a la figura de una nena bien de los sixties y la foto de una típica ninfa posmoderna sin necesidad de reescritura alguna: «Condesa descalza / a mí no me alcanza / con verte desnudos los pies / Descalza condesa / es como si pusieras la mesa / y te fueras sin dar de comer, mujer».

Escrita durante el arduo cortejo de La Roca a Margarita Medrano (chica de alta sociedad, modelo e hija de un importante industrial), la canción fue incluida en el segundo álbum de La Roca, *Soy una Roca* (1965), contenedor de una versión del éxito de Simon & Garfunkel al que no tenían nada que envidiarle muchas de las canciones originales del disco, canciones que ya aparecían firmadas por La Roca.

De esta época data también el libro de sueños, poemas y sketches autobiográficos *Sobre esta roca* que se publicaría al poco tiempo de su muerte y que ofrece detalles reveladores: «Pero qué historia tan original… La última noche, me acuerdo, cayó Margarita. En realidad cayó el culo de Margarita. Porque yo me fui enamorando de su culo hacia arriba y hacia abajo. Margarita era la hija del dueño de algo y tenía un hijo de alguien y nos casamos. Calculo que fue por esos días cuando yo empecé a volverme loco. No, no tuvo que ver el fumo o las pastillas (cortesía de Laboratorios Medicinales Dellaroca, conviene aclararlo); me acuerdo que pasaba más tiempo en la televisión que en casa. Nadie que no lo haya sentido en carne propia puede siquiera hacerse una idea de lo que significaba estar de moda en los 60. Se planteó entonces un problema claramente esquizofrénico: yo quería cantar y componer como Bob Dylan; mi productor quería que cantara como La Roca y La Roca estaba absolutamente convencido de que Bob Dylan era un imitador de él. Problemas, problemas».

4. *Demián en el tobogán*

Canción infantil que –al igual que «Yellow Submarine»– no se conforma con ser sólo eso. «Demián…» es importante porque anuncia el quiebre que se produciría a partir del próximo disco de La Roca y por su aventurado aire psicodélico. Dedicado al hijo de un anterior matrimonio de su mujer, Margarita Medrano, el tema parece no empezar nunca y termina abruptamente. Su melodía casi hipnótica por lo pegadiza fue utilizada al año siguiente para una campaña publicitaria de zapatillas infantiles. «Demián...» —más allá de ser el segundo corte más popular de *Soy una Roca*— se detiene, con precisa ambigüedad, en lugares oscuros de la mente infantil. «Me voy a morir antes que vos / y eso te hace reír», escuchamos casi al final. Profecía que no se cumplió. Demián asesinó a sangre fría a su novia y a su mejor amigo y terminó suicidándose en las islas Malvinas el día de la rendición de las tropas argentinas.

5. *Paisaje oscuro, espejo negro*

Más Dylan pero *antes* que Dylan. El largo tema (casi nueve minutos) que cerraba *Soy una Roca* era similar en extensión, intención y ambición al «Desolation Row» que remataba *Highway 61 Revisited* de Bob Dylan. La aparición prácticamente simultánea de ambos discos, pienso, no puede ser considerada como una simple casualidad. La conexión o, si se prefiere, coincidencia, señala algo mucho más contundente e inquietante: dos personas que discuten lo mismo, en diferentes idiomas y a varios miles de kilómetros de distancia. Pienso que no conviene considerar como ciertas las anotaciones de La Roca encontradas en la habitación del Chelsea donde afirma que él escuchó «Desolation Row» en el festival de Newport donde Dylan fue abucheado, tiempo antes de la edición de *Highway...* y que se apresuró a grabar una aproximación porteña del tema. Todo esto me suena a humorada póstuma de alguien que siempre se rio de biógrafos y periodistas especializados. El «paisaje oscuro» que La Roca visita es, por supuesto, su Palermo natal. Reconocible y deformado por extraños visitantes como el fantasma de Gardel y el jorobado arltiano, protagonistas de una canción que modificó la imagen pasatista que se tenía de La Roca en el circuito under de entonces. «Paisaje oscuro...» es entonces la obtención de un pasaporte para viajar a territorios desconocidos. Y La Roca hizo las valijas y se fue de viaje a lo que sería su tercer y, para muchos, su mejor disco.

6. *Soy como una roca que rueda*

Con *Canto rodado* (finales de 1966) llega el crack. La típica crisis que siempre encuentra pronta traducción en música y álbumes memorables de los grandes rockers. *Plastic Ono Band* y *Walls and Bridges,* de John Lennon; *Street Hassle,* de Lou Reed; *Blood on the Tracks,* de Bob Dylan, y —en lo nacional— *Piano Bar,* de Charly García, son algunos ejemplos casi obvios de lo que intento decir. *Canto rodado* es —al igual que el *Blood...* de Dylan y el *Walls...* de Lennon— un disco perteneciente a ese poco frecuentado subgénero al que podríamos llamar rock *divorcista*. En septiembre de 1966, La Roca se divorcia de Margarita Medrano, emprende un viaje *on the road* que dura tres semanas y del que vuelve con todos los temas que compondrán *Canto rodado*. Sería injusto afirmar que «Soy como una roca...» es una simple traducción del gran tema de Dylan porque —si bien la estructura es similar y se reconocen versos célebres como el «you're invisible now...»— La Roca hace suya la canción aportando datos propios. Así la «princesa en la tarima» de Dylan es suplantada por un «Ya no sos mi Margarita». Más que atendible es el sonido general del disco: eléctrico, crispado, con la voz de La Roca aullando por delante y por detrás de un piano cabaretero y de varias guitarras que nunca son demasiadas.

LADO DOS

7. *Alzas y bajas*

Para muchos éste es el verdadero Himno Nacional Argentino. Ocupa toda una cara de *Canto rodado* y ha conocido múltiples versiones que van desde una adaptación *muzak* hasta llegar a la fría mecánica del grupo Tambores Negros. Lo sorprendente de todo esto es que —como si ignorara todas las aproximaciones—, «Alzas y bajas» mantiene su espíritu original por encima de los intérpretes. Su célebre estribillo «(Alzas y bajas / vas a sufrir alzas y bajas / vas a clavar / te clavarán navajas / todo es cuestión de alzas y bajas)» repite una y otra vez al final de las veinticuatro estrofas que describen un día cualquiera de cualquier persona con una precisión casi cruel. Deprimente en su época; fue rescatada por punks, tecnos, darkies a partir de los últimos 70. Hay una insólita versión disco-funk de Andrés Calamaro junto a Federico Esperanto grabada en 1987 en el legendario El Hornero Amable, estudio doméstico del primero, que nunca fue editada comercialmente. Aclaro aquí que, si se dispusiera de mayor espacio, la totalidad de *Canto rodado* debería estar en estos grandes éxitos. Se hace doloroso descartar temas como «Me voy», «Mejor me quedo», «Cama vacía», o «Andate vos». Todo fanático de La Roca, pienso, está de acuerdo conmigo. La solución es comprarse *Canto rodado* que —en su reciente reedición— incluye el ya mencionado aquí «Noches de Chelsea Hotel» y una toma alternativa de «Soy como una roca que rueda» grabada en una fiesta de cumpleaños.

8. *Gente con walkman*

No sería exagerado afirmar que *Canto rodado* es el último disco de la primera etapa en la obra de La Roca. Es de individuos piadosos negar la existencia de *La Roca colgante* (1968) y del apropiadamente titulado *La Roca se cayó* (1970). Nada rescatable hay en estos dos álbumes que, con el mejor de los humores, apenas pueden llegar a funcionar como artefactos curiosos. Perfectos equivalentes al *Selfportrait* de Bob Dylan, estas colecciones de *covers* caprichosos no tienen mayor razón de ser que la de irritar. Así, podemos escuchar «Sus ojos se cerraron», «Te llevo bajo mi piel», «Edelweiss», «Himno a Sarmiento» y «Swanee»; la perfecta selección de una mente fragmentada en mil pedazos. A fines del 71, La Roca se calló y es internado en un instituto psiquiátrico del que no saldría hasta 1974. Las versiones indican que, en realidad, su internación obedeció a una impresionante cantidad de sustancias químicas dando vueltas por un sistema nervioso que no daba para más. Abandona entonces toda pretensión artística y se hace cargo —esta vez desde el punto de vista estrictamente comercial— de los laboratorios medicinales de su padre apareciendo, de vez en cuando, en programas de televisión nostálgicos. 1985 es el año del retorno. Gabriel Krivak —después del mayúsculo escándalo del festival de la Primavera— abandona la organización de recitales abocándose a la promoción de un grupo tecno-dark llamado Tambores Negros. Les produce un demo donde se destaca la versión de «Alzas y bajas». El tema empieza a ser pasado ininterrumpidamente por diferentes radios y se edita el primer disco del grupo: *Postal rota,* con insospechado éxito de público y crítica más allá de que Bongo, el cantante, sea bizco. La aparición de una novela —*Walkman People*— que enseguida se convierte en texto clave del gueto posmoderno coincide con el retorno de La Roca a los estudios de grabación. «Gente con walkman» es una canción de acidez casi gozosa y tiene todos los ingredientes de un hit. La Roca alquila unas horas de estudio para grabarla sin ningún tipo de intención comercial, pero el azar hace que Krivak la escuche y enseguida le propone grabarla junto a los Tambores Negros. El tema abre el disco *Tambores de Roca* (finales de 1985) que registra cifras de ventas sin precedentes y hasta protagoniza un escándalo menor cuando es acusado de «hereje» por un miembro de la curia bonaerense. Hay giras por el exterior (Chile, Uruguay, Brasil) y se filma un clip –dirigido por la videasta under Nina X– de imágenes premonitorias: La Roca vestido fuera de foco, como el Dylan de *Blonde on Blonde,* caminando sobre jeringas llenas con líquido de colores mientras se escucha «Son gente con walkman / les gusta ser fast forward».

9. *Del otro lado*

Los cuatro temas restantes de este disco pertenecen a lo que, se suponía, iba a ser *Nuevos Aires / Buena York,* el segundo álbum de La Roca junto a los Tambores Negros. Estaban dadas todas las condiciones para que se tratara de una obra maestra. Iba a ser registrado en el célebre Electric Lady neoyorquino y adentro de las valijas viajaban un puñado de las mejores letras jamás compuestas por un La Roca que ahora escribía para una nueva generación, entendiéndolos y, al mismo tiempo, observándolos desde el lado de afuera, como si los mirara a través de un microscopio. «No puedo confiar en la gente que recién empieza a tocar a las tres de la mañana», ironizó en algún lado. «Del otro lado» trata sobre todo esto. Por debajo de una percusión mecánica y de la guitarra acústica de La Roca se reconoce la armónica de Bob Dylan, quien se encontraba en otra sala del estudio y se entusiasmó con la idea de grabar junto a La Roca. El solo de armónica se registró en una toma. Hay una foto que los muestra junto al micrófono, idénticos de algún modo, y se tiene la inquietante sensación de no saber dónde termina uno y dónde empieza el otro.

10. Con la chaqueta en la cabeza

Tema humorístico que se inscribe dentro de lo mejor del *rock desperado* al que son tan afines los músicos norteamericanos desde el principio de su historia. Sobre una base etérea y casi country, La Roca y los Tambores Negros desgranan la historia de un forajido en el momento en que lo llevan al tribunal a ser juzgado «con la chaqueta en la cabeza» para impedir que los periodistas le saquen fotos: «Con la chaqueta en la cabeza me vas a encontrar / cualquier día de éstos / Con la chaqueta en la cabeza me vas a encontrar / Chaqueta en cabeza / La mano viene espesa / Cualquier día de éstos»; y concluye, «Bendita la vaca que murió por mi chaqueta / La Vaca NN que murió por mi chaqueta».

11. Ella

Sin lugar a dudas una de las más grandes canciones de amor jamás escritas y una de las más enigmáticas dentro de la producción de La Roca. Las alusiones a «mesas de roble», «cambiar la historia», «gauchos alucinantes», «árboles sin nombre» y «aviones muertos» rodean a la figura de una mujer cuyo nombre —«Mariana»— nunca llega a revelarse en rostro reconocible. «Ella» fue grabada durante la última semana de vida de La Roca y, de algún modo, fue el desencadenante de la ruptura con Tambores Negros. El grupo pensaba que era una canción demasiado romántica para su estética y se negó a incluirla en el disco. Se sabe que hubo una pelea con Bongo, el líder del grupo, y que se suspendió todo el proyecto. Krivak explicó tiempo después que «la conducta de La Roca dejó mucho que desear y que de ningún modo fue abandonado por la compañía en Nueva York. La Roca se fue del estudio y no volvimos a verlo. Lo buscamos por todos lados. Lo que pasó es terrible, de acuerdo, y "Ella" es una gran canción y no, no tengo la menor idea acerca de quién está hablando».

12. *Goin' Home* / *Pilchas criollas*

Perfecta despedida en pésimo inglés. Esta canción fue hallada en la misma cinta donde se encontró «Noches de Chelsea», lo que la convierte en la anteúltima grabada por La Roca. Si bien su condición de *gran éxito* es relativa (al igual que «Noches...» se la incluye aquí por primera vez, pero no tiene ni remotamente la calidad artística de la canción/testamento de La Roca) se convierte en telón obligado por su condición de coda humorística en algún lugar del triste, solitario y final: «I was goin'home / I was goin'home / I was goin'home, babe / I was goin'home wearin' creole clothes / Ringin' like a phone, I was goin'home». El recitado que empieza con un «My beloved Buenos Aires / When I will see you again»... es francamente desopilante y el estribillo final, tan emocionante como absurdo —«Pilchas / Pilchas / Pilchas criollas / Criollas sobre mi piel»—, concluye esta antología de un hombre oscuro con una nota alegre para que La Roca —«como una bandada / de caballos desadueñados»— siga rodando más allá de la muerte.

HISTORIA ANTIGUA

Los sitios que hemos conocido no pertenecen tampoco a ese mundo del espacio donde
los situamos para mayor facilidad.

MARCEL PROUST,
À la recherche du temps perdu;
Du côté de chez Swann

Hace años que el hombre se casó y hace años que el hombre es infeliz en su matrimonio. El hombre vive en Buenos Aires y pasa el tiempo, o intenta que el tiempo pase, pensando en el Imperio azteca. El hombre está obsesionado por el Imperio azteca desde que su maestra, hace tanto, tanto tiempo, le explicó todo sobre el tema. El hombre llega a la conclusión de que es más fácil salvar el Imperio azteca que salvar su matrimonio, y entonces decide salvar el Imperio azteca. El hombre se sienta en su sillón favorito frente a una ventana desde donde puede ver la jaula de los leones en el zoológico de enfrente, se queda dormido y se despierta en medio de una jungla, en la península de Yucatán. El hombre ha retrocedido en el tiempo y no tarda en encontrarse con un azteca que le señala el camino a Tenochtitlán después de caer de rodillas. El hombre descubre que habla azteca bastante bien y que su barba rubia lo hace parecido a Quetzalcoatl, el dios que los aztecas vienen esperando desde hace siglos. El hombre descubre que ha llegado a México diez años antes que Cortés. Entonces se le ocurre la manera de salvar el Imperio azteca. El hombre se hace amigo de Moctezuma, le enseña español, le hace memorizar la genealogía real española y le explica que, cuando llegue Cortés, diga que es católico y que se han abolido los sacrificios humanos públicos. Moctezuma se muestra de acuerdo. Cuando Cortés desembarca en las playas de México, el emperador de los aztecas le pregunta en perfecto español cómo anda la reina y elogia la galanura de los caballos manchegos que el conquistador ha traído del otro lado del océano. Cortés se enfurece, quema sus naves y destruye el Imperio azteca. El hombre comprende que no se puede cambiar el pasado, vuelve a su época, se divorcia y el resto es historia, historia antigua.

LA VOCACIÓN LITERARIA

¡Partir! Partir!
Antepasado mío, antiguo artífice, ampárame ahora y siempre con tu ayuda.

JAMES JOYCE,
A Portrait of the Artist as a Young Man

Hola, tengo que irme. No puedo quedarme, vine a decir que tengo que irme. Me encantó venir, pero aun así tengo que irme. Me quedaré una semana o dos, me quedaré todo el verano, pero se lo estoy diciendo, me tengo que ir.

GROUCHO MARX,
Animal Crackers

No hay dudas: oigo cómo James Joyce y Groucho Marx se ríen a carcajadas allá arriba mientras yo, con los pies contra el piso, vuelvo a intentar responder a la misma clásica pregunta de siempre. ¿Desde qué lugar es arrojado el relámpago fulminante? ¿A quién le toca y a quién no? ¿Hay algún culpable de este asesinato? Y, de ser así, ¿volverá éste alguna vez a la escena del crimen?

Las respuestas son muchas, todas ellas diferentes, todas ellas válidas. Me refiero, claro, al siempre interesante tema de la formación de un escritor, misterio de misterios, el equivalente a una pirámide egipcia dentro del desértico paisaje de los oficios humanos.

En mis inicios se sabía, sí, que la formación de un escritor llevaba implícita la deformación de un médico, de un arquitecto, de un maestro, de alguien de provecho para la sociedad. Un escritor, en la mayoría de los casos, no servía para nada salvo para sí mismo. De ahí la aparente peligrosidad a los ojos de los otros de este oficio tan antiguo como el mundo.

Pero no estoy contestando la pregunta.

¿Cómo empezar —porque todo tiene su principio— la historia que servirá de respuesta?

Ya sé. Lo mejor es atenerse a las convenciones del género, pisar terreno seguro, allá vamos.

Había una vez…

Había una vez una de las tantas respuestas posibles. La elijo porque me obtuvo la rendición incondicional de más de una saludable estudiante norteamericana aquí, en mi clase de la Fundación, en Sad Songs, en las afueras de Iowa City, donde la figura de un escritor nacido en el fin del mundo aún tiene resonancias míticas; donde me miran y me leen y me preguntan cómo es que decidí ser un escritor allá lejos y hace tiempo, en un país que ya no existe.

El mundo era otro. Recuerdo, respetable auditorio, los últimos años del segundo milenio. Tiempos en los cuales podía ocurrir cualquier cosa, cosas espantosas. Tiempos en los cuales era imposible comprar el diario de la semana que viene con la facilidad actual. Tiempos en los cuales nada era predecible. El escritor tenía en aquel entonces una dura competencia. El escritor competía contra la realidad, contra las terribles tramas propuestas por lo cotidiano. Y a nadie le importaban demasiado nuestros problemas, claro.

Me acuerdo; fue por aquel entonces que me compré una edición especial de la revista de historietas *Superman*. Era algo más que una de esas llamadas «aventuras imaginarias», inteligente subterfugio por el cual los editores se permitían destruir el planeta Tierra y casar al héroe con Luisa Lane. Me acuerdo, la propuesta era descubrir los errores e imposibilidades deslizados a lo largo de toda la revista. Había más de trescientos errores; la ciudad de Metrópolis parecía tomada por lunáticos. En uno de los cuadritos, Superman tenía bigote.

Me acuerdo; yo tenía diez años, era 1975, y el repentino sinsentido de una historieta no me impresionaba demasiado. Lo de antes: imposible competir con lo que pasaba en el mundo real o, si se prefiere, en mi hoy inexistente país de origen.

Uno a menudo descubre −¿dónde leí eso?− que los escritores son aquellas personas que durante su infancia aprenden, en tiempos terribles, a refugiarse en sus propias fantasías o en la acción; en la voz de algún piadoso narrador, en lugar de las voces de los seres reales que lo rodean. En mi caso, tal como ocurre en las mejores familias, los seres reales que me rodeaban eran un padre y una madre.

Había una vez un padre, una madre y un hijo que, cuando fuera grande, quería ser escritor. Hasta aquí vamos bien, me parece. Dispénsenme de explicarles lo que era un hogar de clase media en un país que debía haber estado en Europa pero no. Consulten sus manuales, miren el mapa de cómo eran las cosas. Yo lo dibujé. Sí, abajo. No, más abajo todavía. Sí, así se llamaba mi país de origen y ése era el paradójico nombre de la capital de mi país de origen. Se lo puso un ocurrente conquistador español en algún lugar del siglo XVI. Se lo comieron los indios; me parece. Mi país solía ser conocido por la dedicación con que preparaban comidas a base de carne vacuna. Tengan a bien, aquellos que estén interesados, buscar en sus pantallas el holograma de un animal que ya no existe, llamado *vaca*. Ya que estamos, los cowboys reciben su nombre de este animal. Los cowboys también mataban indios, de ser necesario. Y los indios, para no ser menos, mataban cowboys. Con la facilidad con que otras personas se sientan a conversar. Así es la historia argentina y el dueño de la historia argentina soy yo.

La facilidad verbal, aseguran algunos, puede llegar a ser el síntoma distintivo que señala la presencia del futuro escritor en un niño. Yo no hablaba demasiado. No hablaba casi nada, en realidad. Mis padres estaban preocupados por esta forma de autismo fonético. No era la primera vez que se preocupaban por mí. Pero, por suerte para mí, enseguida tuvieron que preocuparse por más cosas… mucho más urgentes.

Había una vez, entonces, un padre y una madre, y un hijo que, cuando fuera grande, quería ser escritor. Una mañana de Navidad, los padres habían salido y el hijo se quedó leyendo los libros que le habían regalado ese día. Los libros eran tres y eran éstos:

1) La versión completa de *Martin Eden*, de Jack London.

2) Lawrence de Arabia, en una biografía para niños con páginas de ilustraciones intercaladas. El hijo que cuando fuera grande quería ser escritor era un furioso lector de historietas.

3) Un librito sobre el tema del escritor y su doble que todavía hoy me aterroriza. *El peregrino en la tierra,* de Julien Green.

El padre y la madre no tenían nada en contra de que su hijo fuera escritor cuando grande y le regalaban muchos buenos libros. El hijo estaba solo y tocaron el timbre. Abrió la puerta y se encontró frente a dos hombres que no conocía. Uno de ellos sostenía en sus manos una especie de ametralladora portátil.

—¿Dónde está tu mamá? —preguntó el que no estaba armado, alguien que, sabría el hijo durante las horas siguientes, respondía al tan curioso como apropiado nombre de Cable Pelado—. ¿Dónde está tu mamá, nene? —preguntó Cable Pelado.

Tiempos terribles, ya lo dije. Y por más que parezca extraño, la situación que les acabo de describir no era del todo inesperada en aquellos tiempos terribles en mi hoy inexistente país de origen.

Una vez, a la salida del colegio, una bomba incendiaria cayó al lado del hijo que, cuando fuera grande, quería ser escritor. No hubo víctimas que lamentar. Otra vez el hijo abrió uno de los cajones de la cómoda de su madre y, junto a los anillos y los aros, debajo de un pañuelo, descubrió algo que no podía ser otra cosa que un revólver.

Tiempos terribles.

Buena pregunta era la de Cable Pelado: ¿dónde estaba la madre del hijo que, cuando fuera grande, quería ser escritor?

Últimamente no se la veía demasiado y era inevitable darse cuenta de que las conversaciones entre el padre y la madre se interrumpían o cambiaban abruptamente de sentido cada vez que el silencioso hijo que cuando fuera grande quería ser escritor entraba en una habitación para preguntar el significado de una determinada palabra del *Peregrino,* o si *Martin Eden* era la vida de Jack London y si eso era una autobiografía u otra cosa.

Llegado a este punto me doy cuenta de que estoy hablando de mí mismo en tercera persona. (Hay veces en que el mundo resulta mucho más fácil de ser asimilado si contemplamos nuestra vida en tercera persona. Desde arriba, desde el *más afuera* de los lados posibles. ¿Cómo negar la calma sobrenatural que producen esas fotos frías y azules de la Tierra tomadas desde la Luna? Si enfrentamos un situación en particular con la mirada descansada de quien se pasea por un museo antes de que llegue el primer contingente de orientales con sus cámaras y sus flashes, es seguro que nuestras decisiones posteriores serán acertadas, más allá de la ocasional e inevitable injusticia hacia segundos y terceros, peones en una partida de ajedrez, piezas importantes pero prescindibles a la hora de la jugada definitoria. Una vez leí en una revista que los que estuvieron clínicamente muertos durante algunos segundos sienten lo mismo. Se ven desde fuera.) Tal vez todo esto de mirarme desde el otro lado tenga origen en que nací muerto. O en la cantidad de películas que vi por aquellos días.

El hijo que, cuando fuera grande, quería ser escritor recibía impresionantes cantidades de dinero de su padre y de su madre para ir al cine. Así vio *Citizen Kane, Los 400 golpes, Casablanca, Help!* y varios cientos de películas más, aprendiendo desde la butaca a verse en tercera persona, cambiando sus ojos por el ojo de una cámara, pensando que su padre y su madre apoyaban así su vocación literaria cuando, en realidad, se trataba de mantenerlo fuera de casa el mayor tiempo posible.

«Por si las moscas», como decía una conocida expresión de mi hoy inexistente país de origen.

Un escritor, en la mayoría de los casos, no sirve para nada salvo para sí mismo. De acuerdo, también están los lectores: monstruo igualmente misterioso, igualmente respetable. Pero qué es lo que lleva a alguien a sentarse a escribir pudiendo hacer tantas otras cosas mucho más gratificantes a corto y a medio plazo? Es –¿dónde leí eso?– una vida muy penosa enfrentarse todos los días con una hoja en blanco, rebuscar entre las nubes y traer algo aquí abajo. Una página en blanco es algo casi tan intimidante como un arma de fuego apuntándonos a la altura de la cara.

–¿Dónde está tu mamá, nene? –preguntó Cable Pelado.

Yo no hablaba demasiado. No hablaba casi nada, en realidad. Y Cable Pelado empezaba a impacientarse.

–Me parece que éste es mudo, Cable –dijo el que sostenía el arma.

–¿Por qué no cerrás la boca? –le contestó Cable Pelado sin mirarlo.

El que sostenía el arma era el Stan Laurel del asunto, el inútil voluntarioso. Aquellos que no entiendan lo que quiero decir con esto, tengan a bien buscar en sus pantallas el apartado «Comediantes norteamericanos de la primera mitad del siglo xx».

El hijo que cuando fuera grande quería ser escritor nunca supo el nombre del compañero de Cable Pelado pero recuerda, sí, el casi sobrenatural brillo que despedían sus zapatos mocasines. Así que, por obvias razones de comodidad y de respeto hacia las formas narrativas, de aquí en más el compañero de Cable Pelado se llamará Mocasín, gracias.

El hijo contestó, por fin, con el poder de síntesis y la justeza que, por esas cosas de la vida, nunca brillaría en su prosa.

—No sé —contestó el hijo que quería ser escritor cuando fuera grande.

Mocasín entró en el departamento con la misma facilidad que un Papá Noel y volvió un par de segundos más tarde.

—Cierto, acá no hay nadie. Raro, en Navidad, ¿no?

—Raro —dijo Cable Pelado. Después miró casi con ternura a quien les había abierto la puerta y dijo—: Buenas noticias, nene. Te venís con nosotros a dar una vueltita. ¿Necesitás llevar algo?

Buena pregunta.

El hijo que quería ser escritor cuando fuera grande corrió a su habitación, buscó y encontró el cuaderno Rivadavia donde estaba reunida toda su obra literaria hasta esa fecha, agarró una lapicera Parker modelo escolar y el resto es historia.

Después de todo, quizás un escritor no sea más que un producto de las circunstancias. Un mecanismo de defensa con nombre y apellido.

Entonces Cable Pelado, Mocasín y el hijo que quería ser escritor cuando fuera grande se fueron a dar una vueltita.

Décadas atrás, a pocos pasos de este auditorio desde donde hoy les hablo, dos escritores y yo discutíamos acerca de todo esto; hablábamos sobre cómo un escritor —o un hijo que cuando fuera grande quería ser escritor— no tiene mayor inconveniente en irse con dos desconocidos, o perderse en las arenas del desierto, o casarse con la mujer equivocada, y sí puede llegar a sentir pánico ante la sola idea de un viaje en avión.

No mencionaré aquí el nombre de los dos escritores con los que hablaba. No quiero importunar su descanso. Me limitaré a afirmar que están muertos; que eran norteamericanos; que uno era de ascendencia alemana y al otro le gustaba afirmar y mentir que sus antepasados habían llegado en el *Mayflower;* que los dos estaban entre mis autores favoritos, que el del apellido alemán ostentaba el más indisciplinado de los bigotes y una casi obscena cantidad de pelo para su avanzada edad y que el otro caminaba en zigzag y olía como una destilería parlante a pesar de su estampa indudablemente patricia.

—Seguramente —dijo el escritor con bigote y obscenas cantidades de pelo—, un viaje en avión no es lo suficientemente literario y, sí, es un riesgo considerable. Mejor entonces irse con dos desconocidos. Sobre todo si uno de ellos lleva un arma de fuego. Yo, sin ir más lejos, marché a la guerra inocente y feliz. Estuve en Dresde, viví para contarlo y gané bastante dinero contándolo. Algo así como cinco dólares por cada muerto en el bombardeo a Dresde…

—Un cuento, entonces… —intervino el descendiente de los primeros colonos, agitando una botella de Jack Daniel's contra el cielo cargado de nubes—. O una novela entera, mejor todavía. Una novela que se inicie con un avión en picada y un hombre que piensa… ¿En qué puede estar pensando un hombre sentado en un avión que pierde las ganas de volar? De cualquier modo, me parece que ya he escrito algo sobre el tema… *Forma et haec olem meminisse juvabit*… Eso es Virgilio: «Tal vez algún día será placentero el recordar estos acontecimientos». La clase de cosa que uno dice cuando se dispone a la retirada. O, si no: «Los escritores no son personas exactamente». Francis Scott Fitzgerald. Perfecta excusa; el pobre Scott fue el escritor que más tuvo que disculparse en toda su vida. Después vengo yo; un viejo que se emociona tanto con la picazón en los ojos producida por el cloro de las piletas de natación como con el sonido de las palabras, por el valor de las palabras mismas, por su siempre confiable utilidad a la hora de la fuga. *Porpozec ciebie nit prosze dorzanin albo zyolpocz ciwego.* ¡Valor! ¡Amor! ¡Virtud! ¡Compasión! ¡Esplendor! ¡Amabilidad! ¡Sabiduría! ¡Belleza! Vamos, saltemos juntos el muro y que no nos atemorice el ladrido desesperado de los sabuesos tras nuestros pasos. Se impone entonces el tránsito de reyes y elefantes sobre las montañas. Brillo para disimular la cobardía. Entonces, para empezar por el principio, hay…

El aire apestaba a epifanías, el inequívoco olor de los aeropuertos internacionales, y yo guardaba un silencio que pretendía ser respetuoso. Yo era joven entonces y quizá por eso prefería no decirle a mi admirado escritor beodo y patricio que, sí, él había escrito algo sobre el tema: un cuento tan perfecto como irrepetible cuyo título no revelaré tampoco ahora. ¿Porque quién era yo para legitimar su amnesia, su caída, su período oscuro? Por eso, boca cerrada y pasemos a otro tema. Y, a propósito de aviones, mejor no hablar acerca de lo que he dado en llamar, atención, «mi sueño recurrente de catástrofe aérea con árboles sin nombre», el sueño donde viajo en un avión comandado por James Joyce y Groucho Marx.

¿Quién era yo? Repito la pregunta para contestarla. Yo era alguien que había publicado un par de libros que hoy me parecen lamentables. Yo había llegado a Iowa amparado por un complicado sistema de becas y premios tramposos. Yo era un joven de pie en un muelle, alguien que buscaba su luz verde brillando al otro lado de la bahía y un orgiástico futuro que hiciera juego con sus magníficas aspiraciones. Por aquellos tiempos la vida misma parecía estar construida con la irreprochable estructura de una buena novela y así fue como una noche descubrí que el agua de los inodoros norteamericanos giraba en sentido contrario a la de los inodoros de mi hoy inexistente país de origen.

Tiempo después leí en algún lado que este fenómeno (que el agua gire en sentido diferente según el hemisferio, que el agua no gire si el inodoro en cuestión se encuentra ubicado justo sobre el Ecuador) recibe el nombre de Fuerza Coriolis. Recuerdo haberme precipitado entonces sobre mi libreta de notas y escribir algo así como «mencionar Coriolis en algún cuento».

De pequeños descubrimientos como éste, con esta clase de material, se construye el paradisíaco infierno o el infernal paraíso —ustedes eligen— de lo que conocemos bajo el nombre de vocación literaria.

Así que, si me preguntan cuál es el mal que ataca a un ser normal y lo convierte en alguien que escribe, me limitaré, a falta de una respuesta adecuada y teniendo en cuenta que las aguas de un escritor *siempre* giran en sentido diferente, a responder lo que sigue.

Fuerza Coriolis.

—¿Tenés ganas de ir al baño? —preguntó Cable Pelado.

Hacía un par de horas que los tres daban vueltas en auto por la ciudad de nombre paradójico y los dos temas de conversación estaban definitivamente agotados. Los dos temas de conversación habían sido:

1) ¿Seguro que no sabés dónde está tu mamá?

2) ¿De qué equipo de fútbol sos?

El hijo que cuando fuera grande quería ser escritor no tenía la menor idea acerca del paradero de su madre y no había visto un partido de fútbol en su vida. Lo cual —me refiero aquí al desconocimiento del tema fútbol en mi hoy inexistente país de origen— constituía una suerte de pecado mortal o, en el mejor de los casos, prueba atendible de insania o de traición a la patria.

—¡No! No puede ser que nunca hayas ido a la cancha de Boca —se retorció las manos Mocasín—. Estás mintiendo, enano.

—En serio, nene. Tus padres son dos monstruos —coincidió Cable Pelado.

—Decí que no es domingo… porque si no te juro que lo llevábamos y… ¿podría ser, Cable, para variar un poco?

—Seguro. Si fuera domingo.

—No te imaginás lo que es eso, pibe. Es un espectáculo único en el mundo. Es, cómo te lo explico, es…, es…

—Es un acontecimiento histórico —concluyó Cable Pelado satisfecho con su recién descubierto poder de síntesis.

Y, aunque les parezca improbable, estas dos almas sensibles y deportivas acabaron con la vida de, aproximadamente, unas trescientas personas a lo largo de un período de cinco años. Los métodos utilizados para llevar a cabo semejante acontecimiento histórico eran bastante variados pero por lo general implicaban el uso de energía eléctrica −de ahí el apodo de Cable Pelado− sobre diferentes zonas del cuerpo humano y la posterior precipitación al vacío del cuerpo en cuestión desde aviones especialmente destinados a este fin.

Cable Pelado y Mocasín fueron «dados de baja» cuando, sin previa consulta, se extralimitaron en sus funciones con la persona de una señorita llamada Laura Feijóo Pearson, hija dilecta de la alta sociedad local y compañera del famoso subversivo Lucas Chevieux, alias «el monstruo francés», alias «el hombre del lado de afuera».

¿Conocí a Lucas Chevieux en un bar de Sitges y fue *El hombre del lado de afuera* de mi primer libro?

Quién sabe. Mi historia personal, como la historia de mi país de origen hoy inexistente, está confundida. Las fechas se superponen y −¿dónde leí eso?− me hubiera gustado registrar todas las cosas vistas tal como fueron vistas y las cosas oídas tal como fueron oídas. Pero, ah, no es éste el caso.

Hay una razón para todo, una ineficaz disculpa en la que se mezclan el pasado real y el pasado ideal.

De cualquier modo, el célebre Lucas Chevieux parecía más una decadente estrella de rock que un guerrillero y no se mostraba muy interesado en revisitar sus años en la guerrilla. En realidad no se acordaba de mucho o no había mucho para contar. Ésta fue la excusa que puso cuando le sugerí escribir un libro sobre su vida. Quizá convenga aclarar aquí que casi toda la gente nacida en mi hoy inexistente país de origen no sólo tenía pésima memoria sino que también parecía enorgullecerse de ello. Fue entonces que Lucas Chevieux, aquella mañana en Sitges, dijo lo mejor o lo peor que se le puede decir a un escritor.

—¿Por qué no inventás todo?

Eso dijo el hombre del lado de afuera mientras sorbía una limonada frappé frente a las aguas contaminadas del Mediterráneo.

Y así es como hay ocasiones en que este oficio es verdaderamente divertido: arrojar todas las posibilidades al aire y verlas caer siempre de manera diferente. Porque —¿dónde leí eso?— la biografía es la más falsa de las artes.

Empecé por el final. Un final mentiroso y de adelante para atrás. Un final que me ofreciera la certeza de saber hacia dónde se dirigía mi protagonista y cómo iban a acabar sus días y sus actos. Siempre sostuve que recién en los últimos momentos de un hombre se descubre la clave y se hace obvio el enigma de una vida. Tengan ustedes la gentileza de ver a Lucas Chevieux caminar por DisneyWorld con un helado en la mano. Observen ahora al empleado con sombrerito de Mickey Mouse que se acerca sonriendo, lo saluda y procede a vaciar el cargador de un revólver sobre el cuerpo embadurnado con repelente para mosquitos de Lucas Chevieux.

Así fue como el aprendiz de brujo mató al hombre del lado de afuera.

¿Y todo esto lo inventaste vos?

Mocasín hojeaba el cuaderno Rivadavia con una mezcla de admiración y asco. En el cuaderno estaban todos los cuentos que el hijo que quería ser escritor cuando fuera grande había escrito hasta esa fecha: una antología de sus mejores composiciones escolares junto al ciclo completo de *Las aventuras de Samuel* («Samuel en la casa embrujada», «Samuel contra Drácula»); y lo que era justamente considerado como su primer cuento *profesional:* la historia circular de un hombre obsesionado con salvar el Imperio azteca. El hijo que cuando fuera grande quería ser escritor lo había terminado un par de días antes de la llegada de Cable Pelado y Mocasín y recordaba que al escribir la última palabra del cuento había experimentado una sensación parecida a la angustia.

—¿Y ahora? —había pensado entonces.

—¿Y ahora? —había dicho Lucas Chevieux al terminar de leer la última página de su biografía—. La verdad es que está muy bien. De verdad. Pero al final me matan, no vas a poder escribir la segunda parte. No sos muy bueno para los negocios vos, me parece. Lo que no entiendo del todo es lo de Lawrence de Arabia… ¿Quién carajo es Lawrence de Arabia?

—¿Y ahora qué? —dijo Mocasín—. ¿Qué hacemos con éste?

—Lo llevamos de vuelta a su casa. O lo dejamos en la puerta del negocio ese que tiene la abuela —contestó Cable Pelado.

El hijo que cuando fuera grande quería ser escritor no pudo evitar preguntarse cómo era que esos dos sabían que su abuela era dueña de un negocio. Misterio. Fue entonces cuando comprendió que una historia no tiene dueño, que no es de uno hasta que se la conoce en su perfecta totalidad, hasta que se adivina el perfil con los ojos cerrados en una habitación a oscuras.

Fue entonces cuando supo que hay momentos en que la vida imita a la ficción vistiéndose con ropas de historieta. La vida en cuadritos. Me explico y voy a intentar ser breve:

CUADRO 1: El hijo que, cuando fuera grande, quería ser escritor es depositado por Cable Pelado y Mocasín frente a la puerta del negocio de la abuela.

CUADRO 2: En ese preciso instante aparece la madre del hijo que quería ser escritor cuando fuera grande.

CUADRO 3: Casi de inmediato entra en escena el padre del hijo que, cuando fuera grande, quería ser escritor.

CUADRO 4: Caos.

CUADRO 5: El hijo que quería ser escritor cuando fuera grande es retenido con cierta vehemencia por Cable Pelado y Mocasín, quienes explican algo así como «él baja si ustedes suben».

CUADRO 6: Bajan y suben.

CUADRO 7: El auto —un Torino blanco— se va y el hijo que quería ser escritor cuando fuera grande queda solo en medio de la calle rodeado por la mirada de curiosos.

CUADRO 8: Letras blancas sobre fondo negro donde puede leerse *(continuará…)*.

En mi modesta opinión, no existe escritor que no sea capaz de matar o morir por una buena revista de historietas. Yo casi muero por unas revistas de historietas.

Detalles sobre esta última afirmación vendrán más adelante.

Aprovecho este momento para pedir una tregua, una pausa, un descanso. Las noches de Sad Songs, Iowa, son frías y yo sigo siendo un viejo asmático por más que la semana pasada haya terminado de pagar el bono por veinticinco años extras de vida. No me costaron caros. Se sabe, por más que la Fundación no lo admita, que hay ciertas prioridades en mi caso. Facilidades. Se sabe que, hoy por hoy, un viejo escritor es importante, necesario. Somos el único antídoto contra la terrible inocurrencia del Tercer Milenio y, de improviso, nos hemos vuelto indispensables. Contamos historias, ya no competimos contra la realidad y aquí estamos, formando a las nuevas generaciones que deberán suplantarnos en el exquisito arte de la fabulación.

De algún modo, me parece, hemos ganado la guerra.

El padre y la madre del hijo que quería ser escritor cuando fuera grande son liberados un par de días más tarde en perfecto estado físico. El padre y la madre huyen de inmediato hacia otro país cuyo nombre no es importante, prometiendo enviar un pasaje lo más rápido posible para el hijo que quería ser escritor cuando fuera grande. Es por esos días que el hijo empieza a tener su famoso *sueño recurrente de catástrofe aérea con árboles sin nombre*. Entiendo que a muchos les parecerá poco serio el modo en que he solucionado esta sección del relato. A ellos sólo puedo decirles dos cosas:

1) Ocurrió tal cual acabo de contarlo.

2) Es bien sabido que no se le deben pedir credenciales a los milagros. *Por si las moscas,* como dije antes.

Me despierto gritando. En realidad no es un grito. A esta altura de los años he conseguido disciplinar mi espanto hasta convertirlo en una suerte de suspiro triste y resignado. Muchas de las mujeres que lo han oído dicen que preferirían un alarido. Pero así son las cosas, dulces muchachas de Sad Songs, Iowa.

Esta noche es Cindy o Susy o Peggy o Wendy la que despierta sobresaltada por mi suspiro que acaba con todos los suspiros.

—*What happens?* —pregunta con el azul de sus ojos abiertos de par en par.

—*Don't worry. I've just had my famous airwreck and nameless trees dream* —contesto y volvemos a dormimos.

Un psicoanalista me dijo una vez que el verdadero significado de mi sueño tiene que ver con el temor al abandono y a la muerte. Lo mismo que cuando se sueña que a uno se le caen todos los dientes en público. Le expliqué al buen hombre que nací muerto. Morirme fue lo primero que me pasó en la vida así que no le tengo miedo a la muerte. Y que una vez se me cayeron todos los dientes en público. Y estaba despierto. Le conté que un par de años atrás sufrí convulsiones al atragantarme con la aceituna de un martini y entonces mi dentadura postiza salió despedida hacia un infortunado desconocido, arrancándole con pericia y elegancia su ojo izquierdo. Le dije al psicoanalista que, en cuestión de segundos, pensaba atragantarme con la aceituna de un martini que sostenía una persona a varios kilómetros de distancia. Fin de la conversación, fin de la interpretación.

Tiempo atrás, un escritor ciego de mi hoy inexistente país de origen concluyó que «el examen de los sueños ofrece una dificultad especial. No podemos examinar los sueños directamente. Podemos hablar de la memoria de los sueños. Y posiblemente la memoria de los sueños no se corresponda directamente con los sueños».

La madre del hijo que quería ser escritor cuando fuera grande estudiaba para cobrarle a la gente a cambio de que le contaran la memoria inexacta de sus sueños. Visto de este modo, no era raro que Cable Pelado y Mocasín la buscaran para hacerle quién sabe qué.

Resumen de lo publicado: la madre del hijo que, cuando fuera grande, quería ser escritor era, por la época en que Cable Pelado y Mocasín se ofrecieron a revelar los sagrados misterios del fútbol, una dedicada estudiante de psicología en la universidad de la ciudad de nombre paradójico de mi hoy inexistente país de origen. Este tipo de disciplina pronto fue considerada por la gente como Cable Pelado y Mocasín como una de las más peligrosas ciencias ocultas y así, una mañana de Navidad, vinieron a buscarla para llevársela. Y así fue.

O no. ¿Quién sabe? También existía la posibilidad de que

la madre fuera una experta y peligrosa guerrillera con varias muertes en su haber. Quizás hasta fuese una de las mejores amigas de Lucas Chevieux, alias «el monstruo francés», alias «el hombre del lado de afuera».

Años más tarde, en Sitges, justo antes del inicio de una flamante tormenta proveniente del norte de África, el horizonte era todo viento y cadencia de trueno y Lucas Chevieux me preguntó:

—¿Cómo me dijiste que era el nombre de tu madre? Me parece haber conocido a una mujer con ese apellido… ¿Cómo se llamaba tu madre exactamente?

Tengan a bien recordar el revólver en el cajón de la cómoda de la madre del hijo que cuando fuera grande quería ser escritor y saquen sus propias conclusiones.

Nunca volveré a hablar sobre este tema.

No volvimos a nuestra casa. Mi padre y mi madre se fueron con lo que tenían puesto y, ya saben, yo apenas había alcanzado a manotear mis incompletas *Obras completas*. Con esto quiero decir que sólo años más tarde supe que Martin Eden, escritor a fuerza de querer serlo, acababa suicidándose y que, según Julien Green, no hay fantasma más temible que aquel que pega portazos por entre los pasillos mal pintados de la mente humana.

Así que la casa estaba vacía. Nadie había vuelto a ella porque es bien sabido que las víctimas rara vez regresan al sitio donde recibieron el título de víctimas. Les hablo de un tiempo en que el hijo que quería ser escritor cuando fuera grande sabía de memoria todos y cada uno de los cuadritos de la formidable historieta conocida como *La balada del mar salado* y los recorría en un susurro, apenas moviendo los labios, con la misma devoción con que otras personas recorren los Salmos. Ya fue dicho: el hijo que quería ser escritor cuando fuera grande hablaba poco, en realidad casi no hablaba, pero cada vez que abría la boca era para referirse al Corto Maltés –historieta de Hugo Pratt, holograma XIX23456b– o a alguna de sus muchas aventuras; situación que, por si les interesa, se mantuvo inalterable más allá del exilio, del sueño recurrente ya citado y del siempre puntual y perturbador descubrimiento del sexo opuesto.

El hijo que cuando fuera grande quería ser escritor vivía ahora con su abuela a la espera de noticias de sus padres pero pensando todo el tiempo en sus revistas de historietas. Siguiéndolas en su cabeza cuadrito por cuadrito. Años más tarde volvería a adoptar esta costumbre para poder flotar por sobre el espanto de las imaginarias del servicio militar, invocando esta vez surco por surco los discos del primer Bob Dylan eléctrico. Los resultados de semejante método eran ambiguos. Se conseguía calmar la sed durante el momento que duraba la construcción del recuerdo. Pero enseguida se volvía a la realidad con más sed que antes y me pregunto si esos caballeros templarios en constante oración no sabían todo esto siglos atrás y por eso no dudaban en aferrarse a sus rezos; porque detenerse y mirar alrededor equivalía a una locura que apenas podía atenuarse saliendo en busca de alguna que otra reliquia religiosa.

Con todo esto intento explicar lo que pasó un domingo de marzo, cuando el hijo que quería ser escritor cuando fuera grande encontró dentro de un frasco las llaves de su casa abandonada, vació una valija grande que yacía en el estante más alto del placard de su abuela, y partió en busca de su tambaleante cordura, del más santo de los griales: la colección completa de revistas del Corto Maltés.

Así entró a su casa abandonada pensando en mirar lo menos posible; tenía presente la historia esa de la mujer convertida en estatua de sal en la Biblia y los poderes fulminantes de la Gorgona. Las persianas estaban bajas y no se podía ver demasiado de cualquier modo, pero el hijo que quería ser escritor cuando fuera grande no sintió que ésa era su casa, el departamento donde había vivido durante los últimos dos años. La sensación era otra y no tardó demasiado en domesticarla. Sonrió. Cada vez que podía pasar en limpio sus sensaciones era como una confirmación del diagnóstico que lo condenaba a ver las cosas de manera diferente y, por eso, verse obligado a ponerlas por escrito tarde o temprano.

Se sintió como si estuviera caminando por los salones de un museo, como esa vez que lo llevaron a ver los esqueletos de los dinosaurios en el museo de una ciudad, La Plata, en mi hoy inexistente país de origen. Le sorprendió descubrir la posibilidad de un pasado propio, de recorrerlo como si fuese ajeno.

Veía poco, estaba oscuro, pero no importaba. El heroísmo de su empresa barría todos los rincones como la luz del más radiante de los faros y, además, sabía perfectamente lo que estaba buscando. En su cuarto, pegado a la cama, había un nicho del tamaño de un enano alto y de la profundidad de varias mujeres gordas. Ahí estaban todos sus libros y sus revistas. Ahí, a veces, se encerraba a leer con una linterna cuando su padre y su madre discutían por asuntos tan incomprensibles como, seguramente, desgastantes.

Abrió la valija y comenzó a cargar las revistas y los libros con la reverencia y parsimonia que uno dedica a los grandes momentos, por el solo deseo de que duren la mayor cantidad de tiempo posible. Fue entonces cuando el hijo que quería ser escritor cuando fuera grande oyó voces que venían desde el fondo del departamento, desde el cuarto donde alguna vez habían dormido sus padres.

–Despertate, me parece que escuché algo –dijo Cable Pelado.

–¿Qué? –preguntó Mocasín.

Y después la voz de una mujer y una tercera voz de hombre. La voz más terrible que el hijo que cuando fuera grande quería ser escritor había escuchado jamás. Una voz que hasta al mismo Jack London le costaría poner en palabras.

Entonces se metió en el nicho, arrastró la valija con él, cerró la puerta del nicho desde adentro, encontró su linterna justo encima de la revista de Superman llena de errores e imposibilidades, y trató de pensar en cualquier cosa menos en la cosa que le estaba pasando. Porque lo que le estaba pasando era tan imposible como que Superman tuviera bigotes.

La voz más terrible era:

1) como un tren descarrilándose;

2) como Orson Welles diciendo *Rosebud;*

3) como el sonido de una piedra cayendo por un pozo sin fondo;

4) como los súcubos e íncubos del disco que más le gustaba a su padre: *Carmina Burana;*

5) como *tenía* que ser la del Monje cuando se enojó con el Corto Maltés antes de arrojarlo por el acantilado de La Escondida.

Asignación para mañana: escribir acerca de la voz más terrible que jamás hayan oído.

La clase ha terminado.

Cuando tengo mi sueño recurrente, cuando los motores del avión se detienen y todo se hace vertical, cuando la voz que sale de los altoparlantes nos informa que «señores pasajeros, estamos experimentando algunos problemas menores» como si existiera la posibilidad de un «problema menor» a varios miles de metros de altura, bueno, ésa era exactamente la voz del Tercer Hombre aquella mañana de domingo en mi hoy inexistente país de origen.

Había pasado una hora desde que me escondí entre mis libros y revistas y, por primera vez en mi vida, descubrí cuál iba a ser el tema de mi primera novela: la historia de un hombre que podía cambiar la historia a voluntad. Una variación sobre el cuento del Imperio azteca. La odisea de un hombre que, obligado a enfrentar algo terrible, empieza a reescribir todo lo acontecido desde cero, modificando acontecimientos históricos, estrangulando almanaques y efemérides hasta llegar al espanto de su presente y corregirlo.

Años más tarde —cuando la única mujer que amé en mi vida se suicidó por razones incomprensibles para mí y obvias para todos aquellos que nos conocían— me encerré en un departamento vacío a excepción de una mesa de roble y volví a la trama de aquella novela que nunca había escrito y que jamás escribiré —¿dónde leí eso?—; el único lugar seguro en el mundo es adentro de una historia o, ya que estamos en esto, de varias.

Comencé retomando el galope desesperado de dos gauchos perseguidos por una maldición india; gauchos minimalistas que, ahora lo comprendo, eran transparentes metáforas, obvias mutaciones que se habían desprendido del recuerdo de un funambulesco dúo de desaparecedores profesionales de personas. Peleé en el Atlántico Sur, morí en Nueva York, cociné en Londres, contemplé la más fría y definitiva de las bellezas patrias y fui portador de la peor de las suertes posibles. Fui hombre de ciencia y hombre de acción. Traicioné y me traicionaron. Un relámpago me fulminó una mañana salada y, cuando empezaba a abrazar la nueva versión corregida y aumentada de la única mujer que amé en mi vida, justo en ese momento, algunas personas que se decían amigas mías tiraron la puerta abajo y me internaron en un hospital de buen nombre y prusianas costumbres por una temporadita que no es digna de ser descrita aquí pero que me resulta imposible olvidar.

O lo que en realidad pasó fue que nada ocurrió como yo lo pensaba; pasó que la culpa es breve y la memoria —si se lo pedimos de buena manera— se aviene a diluirse como un color se funde en otro, como el remolino de la última lluvia en la alcantarilla. Podría ser que lo que en realidad ocurrió fue que me cansé de mi «retiro funerario» a la media hora, salí a caminar y volví a enamorarme una semana después del entierro de la otra única mujer que amé en mi vida.

Lo que ustedes prefieran.

Para el hijo que cuando fuera grande quería ser escritor no había demasiadas opciones. Necesitaba ir al baño, había dejado de sentir miedo un par de horas atrás. Le sorprendió descubrir que el miedo, el miedo *de verdad,* se gasta enseguida, dura poco y es rápidamente suplantado por una especie de inconsciencia blanca; una forma de anestesia que, seguro, era lo que les permitía a los soldados desatarse del barro de las trincheras y salir corriendo en busca de la bala que los mata y los inmortaliza.

Y así salió el hijo que quería ser escritor cuando fuera grande. Corriendo con una velocidad que nunca se sospechó capaz de desarrollar y con una sonrisa que, cosa rara, le parecía digna de ser filmada y congelada. Como las sonrisas de la película de Butch y Sundance al final, en Bolivia.

Si llego a las escaleras, pensó, voy a agarrar para el lado de la terraza. Voy a subir y voy a esperar a que se vayan y seguro que van a pensar que quise bajar y me van a perseguir para abajo y no para arriba, estoy seguro.

Y tomó impulso, se obligó a no oír los gritos de Mocasín, de Cable Pelado, de la Mujer y del Tercer Hombre cada vez más cerca. Y lo consiguió escudándose en el imponente estreno de un mantra que, supo, volvería a ser utilizado en situaciones parecidas una y otra vez a lo largo de su biografía y de su geografía.

Mantra que, más allá de su poder probado, no impidió que volviera a escuchar la voz del Tercer Hombre a lo largo de los años. La escuchó en Lisboa; en Grecia, donde casi lo matan; en un baño de Hollywood y en un baño del Vaticano; en boca de una mujer demasiado hermosa para ser cierta; en incontables llamados telefónicos que partían las noches en dos y en tres. Disculpe, decía la voz antes de cortar, debo haber marcado mal el número. Entonces no le quedaba más que pensar lo que pensó entonces, escaleras arriba.

«Todo esto sería una buena historia», pensaba y corría y seguía pensando el hijo que cuando fuera grande quería ser escritor. «Todo esto sería una buena historia.»

Y éste es mi secreto. Esto *también* sería una buena historia. Pero no voy a contarlo en público. No puedo. Me lo cuento a mí mismo, como si caminara por una playa desierta, como si me viera de afuera, como si me leyera escrito por otro.

A veces, aun después de tanto tiempo, y amparado en el caer de las tardes doradas de este lugar ajeno a todas las cosas donde llegué apenas con lo puesto —porque de eso se había tratado: de llegar vacío, de esperar de nuevo y corregir lo que hasta entonces consideraba el más vergonzante de los borradores—, a veces yo seguía sin poder evitar la tentación; y a escondidas, como un adicto a alguna sustancia ilegal, pulsaba la tecla correspondiente y apagaba todas las luces de la habitación.

Entonces eran la oscuridad y los hologramas saltando desde la pantalla para pintar colores en las paredes traduciendo la música que me dictan mis dedos y mi memoria.

Primero era el mapa. Una forma larga y ridícula que, sin embargo, se las arreglaba para capturar sin mayor esfuerzo todos los climas y los paisajes posibles.

Después, enseguida, se presentaba la Historia, la posibilidad de múltiples historias.

La práctica y la astucia me han enseñado el modo para detectar atajos y pasadizos secretos en el sistema, el método indicado para sacar a flote la versión alternativa siempre intuida —cañonazos sobre aguas marrones para que los secretos se liberaran del fango del fondo y alcanzaran la superficie como tímidas criaturas antediluvianas– y, finalmente, la certeza de que las cosas nunca habían sido tal como me explicaron, años atrás, en los finales del Segundo Milenio.

Me gustaba observar los rostros en la pantalla de mi computadora. Superponerlos en busca de algún patrón, de algún rasgo definitivo que explique por qué todos ellos habían llegado –desde los bordes más irreconciliables del planeta– a un lugar del que, paradójicamente, todos querían irse.

Primero, los rostros anónimos. Las multitudes descendiendo de barcos tan inmensos y sagrados como las más prestigiosas catedrales. Procesiones ilusionadas con la idea de haber llegado para escribir la historia de un país en blanco. El temor y las pupilas expectantes de las masas migratorias no muy diferente al de ciertos escritores, aves o roedores que un buen día deciden irse o, simplemente, anotarse en una maratón hasta los bordes de aquel acantilado y seguir de largo una vez superada la línea de llegada o la última frase.

Mírenlos caer.

Mírenlos caer sobre ese país a lo largo de los siglos, obligados por un reflejo que no entienden del todo, por la prepotencia de un gen descarrilado, por la irresistible canción de ciertas sirenas.

Ahora los rostros célebres, los ojos mirando a las cámaras de la posteridad segura, las sonrisas asombradas de haber llegado tan lejos, las sonrisas modelo *¿pero se puede saber –alguien puede explicarme– cómo fue que vine a dar aquí?*

El naturalista y fisiólogo perseguido por una manada ancestral de primates heréticos. El magnate griego. El poeta tímido aun frente al pelotón de fusilamiento. Los malvados azules sucumbiendo ante la música ejecutada por un cuarteto de Liverpool. El jerarca nazi. La *femme fatale* cantando «Put the Blame on Mame». El dibujante animado responsable de las visiones y de las escobas de un joven aprendiz de brujo.

La lista continúa, claro.

Todas estas historias encajando unas con otras casi sin hacer ruido porque, sí, la improbabilidad de ciertas casualidades, la azarosa sinapsis de neuronas, es lo que acaba constituyendo la auténtica estructura de la historia de un país.

Recuerdo con arbitraria exactitud haber leído —alguna vez, en los primeros renglones de un libro escrito en el otro extremo del planeta— una advertencia del autor en la que se explicaba que «la intención de la palabra *story* aquí es la de alertar al lector en cuanto a que —no importa cuán cercana esté la narración a los hechos tal cual sucedieron— lo cierto es que el proceso de ficcionalización de la realidad ha estado haciendo bien su trabajo».

Por eso los releo y los descarto. Viejas historias y viejos conocidos. Momias sacras teñidas de rubio y libertadores en el exilio superados por el exceso de su propia utopía. Los corrijo y tal vez los mejore. Los catalogo como a insectos suspendidos en el eje de un alfiler a la hora de ensamblar el armazón de su próxima conferencia ante los miembros de la Fundación que me mantiene vivo.

Así, en el centro mismo de aquella noche —después de haber vadeado tantos ríos y escalado tantas montañas— alcancé la clave que detonaba un nombre y un rostro.

Mariana, leí en la pantalla terminal de una memoria dueña de todas las historias. El deseo de presionar *Enter* y leer y recordar lo que allí se ofrecía me asfixió por un instante; y hacía tanto que no experimentaba el puro entusiasmo del pánico.

Volví a sentirme joven entonces, una vez más yo era el joven dueño del sutil privilegio de equivocarme por el solo placer de hacerlo consciente de que en el núcleo de los grandes errores siempre duerme —esperando que la despierten— la posibilidad de alguna gran historia, de una buena historia.

Claro que ya no soy el que era y preferí la fácil transgresión y el ingreso de una clave secreta hábilmente arrancada a una dulce muchacha de Sad Songs, Iowa, que bien puede llamarse Cindy o Susy o Peggy o Wendy. Una clave que permite el seguro acceso al banco principal de datos, a la Gran Colmena donde zumban todos los nombres y todas las fechas. Batallas y treguas. Ascensos y caídas y la circularidad del eterno retorno, del agua que gira, de la rata en la rueda que no conduce a ninguna parte salvo a ese nombre.

Llegué hasta allí y entonces apreté *Delete* y eso es todo y el nombre de Mariana y el recuerdo de Mariana y la historia de Mariana desaparecieron para siempre.

Ahora, pensé, podré olvidarla.

Entonces, con el poco oxígeno que me queda en los pulmones recorrí el camino inverso sabiendo —como esos nadadores zen en permanente búsqueda de llegar todavía más profundo— que no debía apurarme demasiado.

A mitad de camino hacia la superficie se me ocurrió la idea —una de esas ideas que sólo se conforman con una rápida e inmediata ejecución— y volví sobre los pasos de mi teclado sabiendo el riesgo que ello implicaba. Busqué una vez más la oscuridad de los cimientos del océano y tecleé de nuevo la clave y entonces encontré otro nombre y, con él, la estrategia para matar a todos los pájaros de un solo disparo.

«Argentina», leí.

«Delete», obedeció la tecla.

La vi desaparecer ante mis ojos cansados, la veo saliendo a tomar el té con la Atlántida, con la Ciudad de los Césares, con Eldorado.

La vi saludando con la mano por última vez mientras leo el sismo de los caracteres anulándose en la pantalla: «Argentina. Estado de América del Sur, que comparte con Chile el extremo meridional del continente sudamericano y... El 90% de la población profesa la religión católica aunque... Una acción eminentemente agropecuaria... Sancti Spiritus... En 1536, el adelantado Pedro de Mendoza llegó al Río de la Plata y dispuso que en un lugar de la costa occidental, que él mismo señaló, se levantara un fuerte que denominó Ciudad de la Santísima Trinidad y Puerto de Santa María del Buen Aire y... a Dorrego, que fue inmediatamente fusilado... Pacificador del país... Jefa Espiritual de la Nación... Una sublevación del ejército lo expulsó del gobierno en 1955... Proceso de Reorganización Nacional... Plata, plomo, oro, estaño, volframio, uranio, antimonio y azufre...».

El archivo demoró poco más de cinco minutos en desaparecer azotado no sólo por vientos nacionales como el zonda, el canciones tristes o el pampero, sino también por temporales importados, como el montecristo, el áfrico babaloo, el mezzanine, el farragut, el kezzar-ifoullousen, el moto perpetuo, el waco, el simcoe chickering y una tropilla histérica de huracanes con nombres de señorita difícil.

El archivo –efímeras efemérides, mi ahora para siempre inexistente país de origen, ¿Histeria argentina III?– desapareció en el tiempo exacto que me lleva poner a hervir agua para el último té de la noche.

Cuando volví de la cocina con mi taza de Darjeeling, todo lo que había sido ya no era. Me invadió un cansancio de ola negra. La fatiga, supongo, de aquel que se ha permitido un gesto reservado para los dioses.

Entonces leí:

«Argentina. f. Planta rosácea de flores amarillas en corimbo».

Eso o:

«Argentina. adj. Argénteo: brillo argentino / Que tiene el sonido vibrante de la plata: voz argentina».

Nada más:

«End of file». Fin de la transmisión. Solo de estática gris.

Suspiré aliviado, apagué todas las máquinas y me dormí tranquilo y cobarde y feliz.

Me dormí asesino serial, dibujante de mapas y dueño de la historia argentina que, desde esa noche final, sólo conoce el ambiguo estilo de mis ficciones.

Me dormí con los ojos cerrados sabiendo que de aquí en más el nombre de mi ahora inexistente país de origen será reconocido, apenas, como la primera luz de ciertos amaneceres o como la iluminación artificial de un sueño recurrente con avión en caída libre y árboles sin nombre; como el lánguido perfume que se desprende de pálidos pétalos amarillos; como el sonido de la voz de aquella mujer que –todavía obediente, después de tanto tiempo– vuelve a morir por segunda y última vez, para siempre, en mi memoria y en todas las memorias de este mundo.

Y eso es todo. Ésa es toda la historia. Y el misterio definitivo de la historia es que el misterio no existe. No intentamos esclarecer aquí el enigma de la creación del hombre sino algo mucho más apasionante. Porque el hombre no tiene a su disposición los efectos especiales de aquel que, dicen, está en todas partes. Buscamos una respuesta convincente al motivo por el cual el hombre crea o destruye para poder crear. No faltará aquel que quiera simplificar el asunto apuntalando, de paso, su cosmogonía religiosa: el hombre crea –y destruye– para homenajear a Dios pareciéndosele y, al mismo tiempo, manteniendo respetuosa distancia. Quién sabe. Y quién sabe si saberlo mejoraría en algo las cosas.

Leí el otro día acerca de la futura fabricación de escritores en serie para así atender las necesidades de un mundo aburrido por los rigores de la inmortalidad. Estimados oyentes, por si no lo sabían, los científicos se encuentran abocados a la búsqueda de un gen esquivo, aquel que nos obliga a sentarnos a escribir en lugar de sentarnos a comer. Los muy ingenuos esperan acorralarlo a la brevedad para pedirle su nombre, rango y número de batallón. Creen que, de lograrlo, la confesión llegará fácil y esclarecedora.

No sé. Desde mi humilde lugar –y no lo digo para mantener segura mi fuente de ingresos– propongo lo que tantos han hecho a lo largo de los siglos: reverenciar lo desconocido.

Ya saben, por si las moscas.

Y supongo que se acerca el momento de las despedidas, sólo queda pendiente un punto del programa impuesto y veo, sin sorprenderme demasiado, que lo que ahora se me exige como tiro de gracia es ni más ni menos que otro imposible: mi definición de la palabra *literatura*.

No queda mucho tiempo y no nos alcanzará todo el tiempo del mundo. Nuestra guerra no conoce treguas y —¿dónde leí eso?— jamás alcanzamos la maestría definitiva. Luchamos en el fragor de un constante aprendizaje que nos lleva toda la vida. El escritor no puede abandonar el frente de combate. El escritor muere peleando con las botas puestas. Tengo que tomar un avión y eso me recuerda mi sueño recurrente, algo que puede funcionar o no como interesante alternativa a la hora de apagar las luces y cerrar con llave y partir con rumbo impreciso hacia otra batalla. De cualquier modo, es todo lo que me queda por ofrecerles.

En mi sueño recurrente viajo en un avión sin asientos vacíos, un avión a hélice hacia un lugar que nunca me es revelado y esto no parece ser extraño. Al menos no me parece extraño a mí. Tampoco me sorprende demasiado que entre los miembros de la tripulación sonrían dos hombres idénticos a James Joyce y a Groucho Marx. El primero es el encargado de hacer la demostración con el salvavidas, el segundo no apaga su cigarro cuando se enciende el cartel de *Fasten Your Seat Belt / Do Not Smoke*. Yo no los miro demasiado. Me alegra descubrir que en el canal clásico pasan las *Goldberg-Variationen* en la segunda versión de Glenn Gould. Lo importante, lo que a mí me parece importante, recién ocurre cuando el avión se estrella. Yo me despierto, sin un rasguño, todavía amarrado a mi asiento por el cinturón de seguridad. A mi alrededor arden pedazos de metal, valijas de plástico y personas que alguna vez tuvieron miedo a viajar en avión y que ahora comprenden por qué. Es una noche perfecta y la luz de una luna demasiado poderosa para ser cierta ilumina el perfil de una jungla que se cierra sobre sí misma. Cientos, miles de árboles inéditos, totalmente desconocidos para mí, se alzan indiferentes a nuestra tragedia con la seguridad característica de los dueños de casa. Son árboles extraños. De improviso comprendo que ningún ser humano vio árboles como éstos, que sus hojas desconocen el rigor de los catálogos, que sus frutos nunca fueron mordidos por dentadura alguna. Pienso que en el mejor de los casos, si alguien decide venir en mi rescate, ese alguien va a tardar en llegar, va a demorar lo suyo en encontrarme. La noche es larga, el tiempo parece moverse despacio en este lugar del planeta y el aire que respiro es de una pureza que hace doler los pulmones. Me desabrocho el cinturón de seguridad y me pongo de pie arriesgando unos pasos tentativos. Todo en orden, puedo moverme como si no hubiera pasado nada. Camino, miro a mi alrededor y me pregunto si, finalmente, la literatura no será esto: un infinito de árboles sin nombre que ha esperado durante siglos la llegada de un hombre voluntarioso que los bautice y los haga reales para el resto de los mortales.

«Los sueños son el género; la pesadilla, la especie. El sueño es una obra estética, quizá la expresión estética más antigua», escribió tiempo atrás el ya mencionado escritor ciego en mi hoy inexistente país de origen.

Y entonces –tal vez abrumado por la enormidad de la empresa a la que me enfrento, tal vez conmovido por el bramar de la más perfecta de las euforias– suspiro y me despierto sabiendo que volveré a soñar todo esto hasta la última página del libro, hasta el último día de mi vida, por los siglos de los siglos. *Arrivals & Departures* por encima de toda catástrofe en la que sólo yo, un humilde escritor cuyo nombre no es digno de figurar en página alguna, sobreviví para contar ésta y tantas otras historias.

Así es, así fue y así será. Por eso, citando a nuestra nunca del todo bien ponderada tripulación de a bordo: «Hola, tengo que irme; antepasado mío, antiguo artífice, ampárame ahora y siempre con tu ayuda».

Y éste es, supongo, el fin de la historia, el final de mi historia argentina.

Buenas noches y gracias por su generosa atención.

EFEMÉRIDES

En buena compañía podemos ser valientes.

JOHN IRVING,
The Water-Method Man

Una nueva encarnación de *Historia argentina* y, a continuación, un destilado y resumen copy-cut-paste de lo agradecido a partir de las anteriores y sucesivas notas de agradecimiento.

Más allá de las varias idas y vueltas, *Historia argentina* —inicialmente publicado en Buenos Aires, en 1991— sigue y seguirá siendo mi primer libro y está bien que así sea. Porque de él y de aquí ha salido casi todo lo que vino después: voces enviando mensajes desde un futuro imperfecto o desde otros planetas, delirios mexicanos, textos iniciáticos y ajenos, la condición de escritor como karma y mantra y privilegio, los muertos que se niegan a ser olvidados por los vivos y los amnésicos que se niegan a recordar sus vidas, epifanías religiosas, mesías secretos, la infancia como tierra baldía o como Neverland donde todo puede ocurrir y ocurre, invenciones y sueños y recuerdos, la espasmódica relación entre las singulares primera y tercera persona, y todo eso.

Está claro, se sabe: la velocidad de ciertas cosas nunca se altera.

Y ésta es una nueva nota de agradecimiento para *Historia argentina* que —ya fue advertido más arriba— combina, corrige, amplía y sintetiza a todas las entregas anteriores. Espero que no sea la última y que el libro siga mutando, sin temor y con alegría, con el paso de los años y de las páginas. Y que la lista de próceres públicos y privados de *Historia argentina* vaya sumando nombres.

En principio, las notas de agradecimiento de *Historia argentina* se titularon «Estado de gracias» (nombre que luego fue a dar, por más apropiado, a la nota de agradecimiento de una resurrección de *Vidas de santos*) y, sí, pocas cosas me gustan más que escribir las notas de agradecimiento al final de mis libros (influencia apenas subliminal, supongo, de la cubierta del *Sgt. Pepper's Lonely Hearts Club Band* de los Beatles, con todos esos rostros, todas esas influencias), por más que, en verdad, comience a escribirlas incluso antes de escribir las primeras palabras de la ficción que las antecede y que, claro, siga agregando a motivos y a motivantes hasta después del *The End*.

Esta constante actitud mía, la de escribir notas de agradecimiento, siempre fue criticada —nunca pude entender del todo por qué— tanto en presentaciones como en más de una reseña de mi patria. Buenas noticias para aquellos que se incomodan ante la gratitud ajena: esta nota es, creo, más corta que en su primera versión. Lo que no impide que el número de personas a agradecer sea mayor.

Y a otra cosa; porque estoy muy ocupado escribiendo otro libro que, también, sale de éste.

Y que —claro, por supuesto— llevará una tan inevitable como pertinente nota de agradecimiento.

Primero, los nombres —los agradecibles— en riguroso orden alfabético. Muchos estuvieron desde el principio y ninguno ha sido desaparecido. Otros fueron apareciendo por el camino. Y algunos más se agregan a este nuevo festejo; porque muchos de ellos se hicieron primero amigos de este libro y recién después amigos míos. Y se reúnen aquí por el solo placer que me causa —gracias a la relatividad del tiempo y de las reediciones— el verlos a todos juntos, en esta nueva pero ya ancestral *Historia argentina*.

Aquí vienen: Carlos y Ana Alberdi, Anagrama, Johann Sebastian Bach, Eduardo Becerra, The Beatles, Juan Ignacio Boido, Roberto Bolaño, Miguel Brascó, Tim Burton, Javier Calvo, Rafael Calviño, Martín Caparrós, Frank Capra, Mónica Carmona, John Cheever, Philip K. Dick, Bob Dylan,

Ignacio Echevarría, Francis Scott Fitzgerald, Jean-Jacques y Marie-Neige Fleury, Juan Forn, Daniel Fresán, Juan Fresán, Juan Diego Fresán, Nelly Fresán, Claudia Gallegos, Alfredo Garófano, Lucila Goto, Glenn Gould, Lali Gubern, Isabelle Gugnon, Gloria Gutiérrez & Agencia Carmen Balcells, Jorge Herralde, Denis Johnson, Stanley Kubrick, Claudio López de Lamadrid, Ray Loriga, María Lynch (y Casanovas & Lynch), Tomás Eloy Martínez, J. M. Masoliver Ródenas, Norma Elizabeth Mastrorilli, Herman Melville, Gustavo y Guillermo Moreno (Hermanos Arizona), Annie Morvan, Vladimir Nabokov, Alan Pauls, Paula Pico, Patricio Pron, Marcel Proust, Albert Puigdueta y todos en Penguin Random House, Mariano y Santiago Roca, Ana Romero, Guillermo Saccomanno, Sebastián Sancho, Jerome David Salinger, Osvaldo Soriano, Florencia Ure, Ana Isabel Villaseñor Urrea, Enrique Vila-Matas, Fernando Villalonga, Kurt Vonnegut...

Y algunos apuntes para obsesivos acerca de la historia de *Historia argentina* y los cambios y correcciones que fue experimentando a lo largo de más de un cuarto de siglo:

—El relato «La situación geográfica» fue escrito especialmente para la primera edición de Anagrama (1993), no aparecía en la primera edición argentina y cumplía la —supuse— afortunada y necesaria función que tienen los *bonus-tracks* en el adictivo formato compact-disc: brindar versiones alternativas o descubrir a la luz el *demo* o el *pentimento* de una idea posteriormente descartada por motivos casi siempre discutibles. Así, fueron la tentación de un inédito que hiciera diferente a este libro sumada a la sospecha de que era necesario una suerte de separador lírico, más representativo del tono litúrgico del entonces *in progress* segundo libro de cuentos *Vidas de santos*. También tuvo que ver el intento de dilucidar un misterio cuya irresolución fastidió a más de un lector. Me refiero aquí al enigma de quién es y qué ocurrió con Mariana, ¿eh? Está de más decir que ciertos asuntos nunca se aclaran del todo y el cuento no cumplió su cometido y hoy Mariana es otra de las tantas encarnaciones de ese objeto de deseo volador no del todo identificado también conocido como María-Marie Mantra, Ella, o la Chica Que Cayó en La Piscina Aquella Noche. Y en posteriores ediciones, «La situación geográfica» parece haber desaparecido. ¡Falso! En realidad ha sido fagocitada por «La vocación literaria», en versión *extended play*.

—El orden de los dos primeros relatos —«Padres de la patria» y «El aprendiz de brujo»— fue intercambiado a último momento en la edición original por consejo de los editores y de un célebre escritor/cronista que pasaba por ahí. Aquí y desde hace tiempo recuperan su ubicación primera.

—Otros detalles más o menos atendibles: la obvia complicidad entre los secuestradores Chivas y Gonçalves (gauchos minimalistas) y los secuestradores Mocasín y Cable Pelado (desaparecedores profesionales de personas) no lo fue tanto para mí durante la escritura de *Historia argentina*, y me fue obsequiada por un luminoso y anónimo lector en la calle. La mutación de los unos a los otros aparece ahora claramente explícita cerca del final de «La vocación literaria» y gracias —muchas gracias— a quien corresponda si alguna vez llega a leer esto. (Y otra aclaración: en ocasiones, también, los lectores hilan demasiado fino y se pasan de revoluciones. Una noche, on-line, leí una interpretación del apellido de Lucas Chevieux, miserable héroe del relato «El lado de afuera», como mensaje cifrado que en realidad significa «Che, viejo». Lo siento pero no: Chevieux es la versión fonéticamente francesa y posible de algún antepasado más o menos lejano del apellido Cheever. Eso es todo.)

—El descubrimiento de una imposibilidad cronológica en cuanto a la edad de Alejo (aparece en «La soberanía nacional», en algún lugar del Atlántico sur, en 1982, con dieciocho años y servicio militar a cuestas, para reaparecer con veintiséis años en «Gente con walkman», en una discoteca de 1986) me fue señalada en la carta de una lectora. La posibilidad de corregirla fue, en principio, tentadora para, enseguida, suele ocurrir, descubrirse como complicada y casi imposible. Preferí entonces –por respeto a las íntimas imprecisiones de mis personajes– volver a pasarla por alto o por el costado y, en todo caso, atribuírsela a un hijo que cuando fuera grande quería ser escritor y que alguna vez, en otro siglo entonces, otro siglo que ya es éste, se permitirá semejantes deslices desde el salón de una fundación norteamericana dedicada a explorar los misterios de la preservación de la palabra escrita. Y a propósito: cuando salió la primera edición de este libro yo no conocía Iowa. Ahora sí. Nada más que agregar.

–Retoques a la silueta de Nina, al vía crucis de Alejo, a la sombra del aprendiz de brujo (los tres reaparecen en los relatos «El pánico de la huida considerada» y «El pánico de la huida considerada ataca de nuevo», en mi segundo y más maldito y *cult* libro, el ya mencionado *Vidas de santos*); o al volumen de la música de Glenn Gould a partir de partituras ejecutadas a posteriori, me parecieron formas equivalentes a la trampa en el juego de azar. Ya no. Ciertas maniobras han tenido lugar en relación con la versión original de 1991. Hay un nuevo epígrafe de Adolfo Bioy Casares y otro de Alfred Andersch. Canciones Tristes –fundada dos años más tarde, en 1993– ya existe aquí. El comando guerrillero coronel Baigorria es ascendido a general Cabrera en honor al militar levitante de *Vidas de santos* cabalgando ahora hasta *La parte soñada,* el infinito y más allá. Y Federico Esperanto –protagonista de mi primera novela– es músico cesionista en uno de los discos de La Roca Argentina. ¡Hacer trampa es divertido!

–«¿Cómo puede ser que en un libro que se llama *Historia argentina* no haya un cuento sobre fútbol?», me dijeron unos y otros, una y otra vez, más o menos con estas palabras.

Es una buena pregunta cuya respuesta es más bien tonta: nunca me interesó el fútbol. Sólo veo los grandes partidos. Y, por lo general, los contemplo con una óptica equivocada y perversa que suele poner muy nerviosos a aquellos que se arriesgan a pasar por semejante experiencia a mi lado. (Ya que estamos en el asunto: Ray Loriga es un apasionado del fútbol y a Ignacio Echevarría –quien junto a Loriga prologó la edición 1998 de *Historia argentina*– el tema le preocupa todavía menos que a mí.) En cambio, sí he pensado muchas veces en la misteriosa y para mí inexplicable ausencia de una Gran Novela Futbolística Argentina. En más de una ocasión he conversado con el «especialista» Juan Villoro sobre el asunto y me expuso su teoría para que esto fuera así. Algo en cuanto a que –cito y recuerdo de memoria– el fútbol no es narrable en términos de ficción porque su reino no es de ese mundo. Su reino está en la realidad y en el instante mismo en que las cosas suceden y pueden volver a verse, una y otra vez, cortesía del replay y los cada vez más sofisticados mandos a distancia. Es posible. Y –si mal no recuerdo– una novela sobre el fútbol estaba en los planes de Osvaldo Soriano justo antes de morir. Y, de acuerdo, abundan las antologías de relatos sobre el tema. Y antes de que alguien me cobre la falta: de acuerdo, hay mucho fútbol en la novela *El área 18* de Roberto Fontanarrosa, quien escribió numerosos cuentos sobre el asunto. Pero es una novela que, me parece, no juega al fútbol sino que juega con el fútbol. Una conversación vía e-mail con Juan Ignacio Boido me aportó algunas certezas a semejante enigma y sus observaciones –que agradezco, como siempre– han sido incorporadas al discurso del protagonista de este cuento imaginado, como dije, a partir de la insistente recurrencia de la pregunta ya enunciada: «¿Cómo puede ser que en un libro que se llama *Historia argentina* no haya un cuento sobre fútbol?». Bueno, aquí está. Y, del mismo modo en que «El aprendiz de brujo» no es el típico cuento sobre la guerra de Malvinas, «La pasión de multitudes» no es el típico cuento sobre fútbol, pienso.

–La ilustración de cubierta para la primera edición argentina corrió a cargo de Sebastián Sancho. La primera en Anagrama la hizo mi padre, la segunda llevó un cuadro de Guillermo Kuitca, la tercera reveló una foto de Horacio Coppola que hubiese sido perfecta para una reedición de *Los siete locos / Los lanzallamas* de Roberto Arlt. La presente portada –como viene ocurriendo desde *La parte inventada*– fue conversada y aprobada por mi hijo, Daniel Fresán.

–La fotografía del autor fue cambiando por motivos tan obvios como pertinentes. El tiempo pasa o, mejor dicho, pasamos nosotros y recuerdo sin esfuerzo que los primeros relatos de este libro fueron escritos con esfuerzo en una máquina de escribir acústica, *unplugged*. En lo que hace a una posible nueva foto, afortunadamente, los libros de mi actual editorial no las utilizan para sus solapas.

En lo personal y en lo físico, *Historia argentina* me sigue produciendo la satisfecha alegría de un joven espejo en el que me sigo reconociendo más allá de la distancia y de los acontecimientos.

Una de las primeras (la segunda) de las notas de agradecimiento a este libro estaba fechada el día de mi cumpleaños número treinta en Buenos Aires y contaba allí que, mientras escribía las últimas palabras de despedida, oía en la radio la letra y música tan marcial como absurda del Himno Nacional Argentino. Aquello de «Oíd mortales, el grito sagrado».

Mientras escribo esto –a los cincuenta y cuatro años, en Barcelona, en los últimos tramos de un verano terrible– suena la voz de Bob Dylan cantando eso de «¿Cómo se siente? ¿Cómo se siente?».

Buena pregunta.

Me siento bien, gracias.

Muy bien.

Lo que sigo sin poder responder a quienes, preocupados, me preguntan una y otra vez –jamás entendí esa preocupación– es si *Historia argentina* es:

a) un libro de cuentos
b) una novela

Todo parece indicar —lo mismo es aplicable a todos los libros que luego salieron y que seguirán saliendo de este libro— que la opción correcta es

c)

Sólo me queda mencionar que —luego de haber marchado por las editoriales Planeta, Tusquets y Anagrama— *Historia argentina* por fin alcanza y se reúne con el escuadrón de todos sus hermanos de sangre (excepción hecha del hermanito perdido y desertado en acción voluntariamente *Trabajos manuales*) en Literatura Random House: hogar sin azar, donde supieron esperarlo y ahora lo reciben —con mi renovado e invulnerable agradecimiento desde esa auténtica patria que es la amistad— Claudio López de Lamadrid y Juan Ignacio Boido.

Saludos para todos y (confieso que hubo un intento de añadir un nuevo cuento aquí que conectase a lo que será con lo que fue; pero el asunto superó sus límites naturales y ahora ya forma parte no de la que vino sino de lo que vendrá) y, sí, hasta *La parte recordada*.

Hasta esa parte ya precedida por las partes *inventada* y *soñada* y en las que —en el principio de todas las cosas veloces— el primer libro del protagonista se titula *Industria nacional*. Libro que se parece bastante a éste aunque no lo sea y —nunca está de más repetirlo— tampoco sea yo ese alguien que anda por ahí.

Pero —de todos modos y en cualquier caso— si lo ven por ahí o si lo leen por allá, denle saludos de mi parte.

Barcelona, julio de 2017